Le chef-d'œuvre inconnu

Le colonel Chabert, Librio n° 28
Ferragus, chef des dévorants, Librio n° 226
La vendetta suivi de *La bourse*, Librio n° 302

Honoré de Balzac

Le chef-d'œuvre
inconnu

suivi de

La maison du Chat-qui-pelote

Texte intégral

Le chef-d'œuvre inconnu

À UN LORD

1845

Gillette

Vers la fin de l'année 1612, par une froide matinée de décembre, un jeune homme dont le vêtement était de très mince apparence se promenait devant la porte d'une maison située rue des Grands-Augustins, à Paris. Après avoir assez longtemps marché dans cette rue avec l'irrésolution d'un amant qui n'ose se présenter chez sa première maîtresse, quelque facile qu'elle soit, il finit par franchir le seuil de cette porte, et demanda si maître François PORBUS était en son logis. Sur la réponse affirmative que lui fit une vieille femme occupée à balayer une salle basse, le jeune homme monta lentement les degrés, et s'arrêta de marche en marche, comme quelque courtisan de fraîche date, inquiet de l'accueil que le roi va lui faire. Quand il parvint en haut de la vis, il demeura pendant un moment sur le palier, incertain s'il prendrait le heurtoir grotesque qui ornait la porte de l'atelier où travaillait sans doute le peintre de Henri IV délaissé pour Rubens par Marie de Médicis. Le jeune homme éprouvait cette sensation profonde qui a dû faire vibrer le cœur des grands artistes quand, au fort de la jeunesse et de leur amour pour l'art, ils ont abordé un homme de génie ou quelque chef-d'œuvre. Il existe dans tous les sentiments humains une fleur primitive, engendrée par un noble enthousiasme qui va toujours faiblissant jusqu'à ce que le bonheur ne soit plus qu'un souvenir et la gloire un mensonge. Parmi ces émotions fragiles, rien ne ressemble à l'amour comme la jeune passion d'un artiste commençant le délicieux supplice de sa destinée de gloire et de malheur, passion pleine d'audace et de timidité, de croyances vagues et de découragements certains. À celui qui léger d'argent, qui adolescent de génie, n'a pas vivement palpité en se présentant devant un maître, il manquera toujours une corde dans le cœur, je ne sais quelle touche de pinceau, un sentiment dans l'œuvre, une certaine expression de poésie. Si quelques fanfarons bouffis d'eux-mêmes croient trop tôt à l'avenir, ils ne sont gens d'esprit que pour les sots. À ce compte, le jeune inconnu paraissait avoir un vrai mérite, si le talent doit se mesurer sur cette timidité première, sur cette pudeur indéfinissable que les gens promis à la gloire savent perdre dans l'exercice de leur art, comme les jolies femmes perdent la leur dans le manège de la coquetterie. L'habitude du triomphe amoindrit le doute, et la pudeur est un doute peut-être.

Accablé de misère et surpris en ce moment de son outrecuidance, le pauvre néophyte ne serait pas entré chez le peintre auquel nous devons l'admirable portrait de Henri IV sans un secours extraordinaire que lui envoya le hasard. Un vieillard vint à monter l'escalier. À la bizarrerie de son costume, à la magnificence de son rabat de dentelle, à la prépondérante sécurité de la démarche, le jeune homme devina dans ce personnage ou le protecteur ou l'ami du peintre ; il se recula sur le palier pour lui faire place, et l'examina curieusement, espérant trouver en lui la bonne nature d'un artiste ou le caractère serviable des gens qui aiment les arts ; mais il aperçut quelque chose de diabolique dans cette figure, et surtout ce *je ne sais quoi* qui affriande les artistes. Imaginez un front chauve, bombé, proéminent, retombant en saillie sur un petit nez écrasé, retroussé du bout comme celui de Rabelais ou de Socrate ; une bouche rieuse et ridée, un menton court, fièrement relevé, garni d'une barbe grise taillée en pointe, des yeux vert de mer ternis en apparence par l'âge, mais qui par le contraste du blanc nacré dans lequel flottait la prunelle devaient parfois jeter des regards magnétiques au fort de la colère ou de l'enthousiasme. Le visage était d'ailleurs singulièrement flétri par les fatigues de l'âge, et plus encore par ces pensées qui creusent également l'âme et le corps. Les yeux n'avaient plus de cils, et à peine voyait-on quelques traces de sourcils au-dessus de leurs arcades saillantes. Mettez cette tête sur un corps fluet et débile, entourez-la d'une dentelle étincelante de blancheur, et travaillée comme une truelle à poisson, jetez sur le pourpoint noir du vieillard une lourde chaîne d'or, et vous aurez une image imparfaite de ce personnage auquel le jour faible de l'escalier prêtait encore une couleur fantastique. Vous eussiez dit une toile de Rembrandt marchant silencieusement et sans cadre dans la noire atmosphère que s'est appropriée ce grand peintre. Le vieillard jeta sur le jeune homme un regard empreint de sagacité, frappa trois coups à la porte, et dit à un homme valétudinaire, âgé de quarante ans environ, qui vint ouvrir : — Bonjour, maître.

Porbus s'inclina respectueusement, il laissa entrer le jeune homme en le croyant amené par le vieillard et s'inquiéta d'autant moins de lui que le néophyte demeura sous le charme que doivent éprouver les peintres-nés à l'aspect du premier atelier qu'ils voient et où se révèlent quelques-uns des procédés matériels de l'art. Un vitrage ouvert dans la voûte éclairait l'atelier de maître Porbus. Concentré sur une toile accrochée au chevalet, et qui n'était encore touchée que de trois ou quatre traits blancs, le jour n'atteignait pas jusqu'aux noires profondeurs des angles de cette vaste pièce ; mais quelques reflets égarés allumaient dans cette ombre rousse une paillette argentée au ventre d'une cuirasse de reître suspendue à la muraille, rayaient d'un brusque sillon de lumière la corniche sculptée et cirée d'un antique dressoir chargé de vaisselles curieuses, ou piquaient de points éclatants la trame grenue de quelques vieux rideaux de brocart d'or aux grands plis cassés, jetés là comme modèle. Des écorchés de plâtre, des fragments et des torses de déesses antiques, amoureusement polis par les baisers des siècles, jonchaient les tablettes et les consoles. D'innombrables ébauches, des études aux trois crayons, à la sanguine ou à la plume, couvraient les murs jusqu'au plafond. Des boîtes à couleurs, des bouteilles d'huile et d'essence, des escabeaux renversés ne laissaient qu'un étroit chemin pour arriver sous l'auréole que projetait la haute verrière dont les rayons tombaient à plein sur la pâle figure de Porbus et sur le crâne d'ivoire de l'homme singulier. L'attention du jeune homme fut bientôt exclusivement acquise à un tableau qui, par ce temps de troubles et de révolutions, était déjà devenu célèbre, et que visitaient quelques-uns de ces entêtés auxquels on doit la conservation du feu sacré pendant les jours mauvais. Cette belle page représentait une *Marie égyptienne* se disposant à payer le passage du bateau. Ce chef-d'œuvre, destiné à Marie de Médicis, fut vendu par elle aux jours de sa misère.

— Ta sainte me plaît, dit le vieillard à Porbus, et je te la paierais dix écus d'or au-delà du prix que donne la reine ; mais aller sur ses brisées ?... Du diable !

— Vous la trouvez bien ?

— Heu ! heu ! fit le vieillard, bien ?... Oui et non. Ta bonne femme n'est pas mal troussée, mais elle ne vit pas. Vous autres, vous croyez avoir tout fait lorsque vous avez dessiné correctement une figure et mis chaque chose à sa place d'après les lois de l'anatomie ! Vous colorez ce linéament avec un ton de chair fait d'avance sur votre palette en ayant soin de tenir un côté plus sombre que l'autre, et parce que vous regardez de temps en temps une femme nue qui se tient debout sur une table, vous croyez avoir copié la nature, vous vous imaginez être des peintres et avoir dérobé le secret de Dieu !... Prrr ! Il ne suffit pas pour être un grand poète de savoir à fond la syntaxe et de ne pas faire de faute de langue ! Regarde ta sainte, Porbus ! Au premier aspect, elle semble admirable ; mais au second coup d'œil on s'aperçoit qu'elle est collée au fond de la toile et qu'on ne pourrait pas faire le tour de son corps. C'est une silhouette qui n'a qu'une seule face, c'est une apparence découpée, une image qui ne saurait se retourner, ni changer de position. Je ne sens pas d'air entre ce bras et le champ du tableau ; l'espace et la profondeur manquent ; cependant tout est bien en perspective et la dégradation aérienne est exactement observée ; mais, malgré de si louables efforts, je ne saurais croire que ce beau corps soit animé par le tiède souffle de la vie. Il me semble que si je portais la main sur cette gorge d'une si ferme rondeur, je la trouverais froide comme du marbre ! Non, mon ami, le sang ne court pas sous cette peau d'ivoire, l'existence ne gonfle pas de sa rosée de pourpre les veines et les fibrilles qui s'entrelacent en réseaux sous la transparence ambrée des tempes et de la poitrine. Cette place palpite, mais cette autre est immobile ; la vie et la mort luttent dans chaque détail : ici c'est une femme, là une statue, plus loin un cadavre. Ta création est incomplète. Tu n'as pu souffler qu'une portion de ton âme à ton œuvre chérie. Le flambeau de Prométhée s'est éteint plus d'une fois dans tes mains, et beaucoup d'endroits de ton tableau n'ont pas été touchés par la flamme céleste.

— Mais pourquoi, mon cher maître ? dit respectueusement Porbus au vieillard tandis que le jeune homme avait peine à réprimer une forte envie de le battre.

— Ah ! voilà, dit le petit vieillard. Tu as flotté indécis entre les deux systèmes, entre le dessin et la couleur, entre le flegme minutieux, la raideur précise des vieux maîtres allemands et l'ardeur éblouissante, l'heureuse abondance des maîtres italiens. Tu as voulu imiter à la fois Hans Holbein et Titien, Albrecht Dürer et Paul Véronèse. Certes c'était là une magnifique ambition ! Mais qu'est-il arrivé ? Tu n'as eu ni le charme sévère de la sécheresse, ni les décevantes magies du clair-obscur. Dans cet endroit, comme un bronze en fusion qui crève son trop faible moule, la riche et blonde couleur du Titien a fait éclater le maigre contour d'Albrecht Dürer où tu l'avais coulée. Ailleurs, le linéament a résisté et contenu les magnifiques débordements de la palette vénitienne. Ta figure n'est ni parfaitement dessinée, ni parfaitement peinte, et porte partout les traces de cette

9

malheureuse indécision. Si tu ne te sentais pas assez fort pour fondre ensemble au feu de ton génie les deux manières rivales, il fallait opter franchement entre l'une ou l'autre, afin d'obtenir l'unité qui simule une des conditions de la vie. Tu n'es vrai que dans les milieux, tes contours sont faux, ne s'enveloppent pas et ne promettent rien par-derrière. Il y a de la vérité ici, dit le vieillard en montrant la poitrine de la sainte. — Puis, ici, reprit-il en indiquant le point où sur le tableau finissait l'épaule. — Mais là, fit-il en revenant au milieu de la gorge, tout est faux. N'analysons rien, ce serait faire ton désespoir.

Le vieillard s'assit sur une escabelle, se tint la tête dans les mains et resta muet.

— Maître, lui dit Porbus, j'ai cependant bien étudié sur le nu cette gorge ; mais, pour notre malheur, il est des effets vrais dans la nature qui ne sont plus probables sur la toile...

— La mission de l'art n'est pas de copier la nature, mais de l'exprimer ! Tu n'es pas un vil copiste, mais un poète ! s'écria vivement le vieillard en interrompant Porbus par un geste despotique. Autrement un sculpteur serait quitte de tous ses travaux en moulant une femme ! Hé ! bien ! Essaie de mouler la main de ta maîtresse et de la poser devant toi, tu trouveras un horrible cadavre sans aucune ressemblance, et tu seras forcé d'aller trouver le ciseau de l'homme qui, sans te la copier exactement, t'en figurera le mouvement et la vie. Nous avons à saisir l'esprit, l'âme, la physionomie des choses et des êtres. Les effets ! les effets ! mais ils sont les accidents de la vie, et non la vie. Une main, puisque j'ai pris cet exemple, une main ne tient pas seulement au corps, elle exprime et continue une pensée qu'il faut saisir et rendre. Ni le peintre, ni le poète, ni le sculpteur ne doivent séparer l'effet de la cause qui sont invinciblement l'un dans l'autre ! La véritable lutte est là ! Beaucoup de peintres triomphent instinctivement sans connaître ce thème de l'art. Vous dessinez une femme, mais vous ne la voyez pas ! Ce n'est pas ainsi que l'on parvient à forcer l'arcane de la nature. Votre main reproduit, sans que vous y pensiez, le modèle que vous avez copié chez votre maître. Vous ne descendez pas assez dans l'intimité de la forme, vous ne la poursuivez pas avec assez d'amour et de persévérance dans ses détours et dans ses fuites. La beauté est une chose sévère et difficile qui ne se laisse point atteindre ainsi, il faut attendre ses heures, l'épier, la presser et l'enlacer étroitement pour la forcer à se rendre. La Forme est un Protée bien plus insaisissable et plus fertile en replis que le Protée de la fable, ce n'est qu'après de longs combats qu'on peut la contraindre à se montrer sous son véritable aspect ; vous autres, vous vous contentez de la première apparence qu'elle vous livre, ou tout au plus de la seconde, ou de la troisième ; ce n'est pas ainsi qu'agissent les victorieux lutteurs ! Ces peintres invaincus ne se laissent pas tromper à tous ces faux-fuyants, ils persévèrent jusqu'à ce que la nature en soit réduite à se montrer toute nue et dans son véritable esprit. Ainsi a procédé Raphaël, dit le vieillard en ôtant son bonnet de velours noir pour exprimer le respect que lui inspirait le roi de l'art, sa grande supériorité vient du sens intime qui, chez lui, semble vouloir briser la Forme. La Forme est, dans ses figures, ce qu'elle est chez nous, un truchement pour se communiquer des idées, des sensations, une vaste poésie. Toute figure est un monde, un portrait dont le modèle est apparu dans une vision sublime, teint de lumière, désigné par une voix intérieure, dépouillé par un doigt céleste qui a montré, dans le passé de toute une vie, les sources de l'expression. Vous faites à vos femmes de belles robes de chair, de belles draperies de cheveux, mais où est le sang qui engendre le calme ou la passion et qui cause des effets particuliers ? Ta sainte est une femme brune, mais ceci, mon pauvre Porbus, est d'une blonde ! Vos figures sont alors de pâles fantômes colorés que vous nous promenez devant les yeux, et vous appelez cela de la peinture et de l'art. Parce que vous avez fait quelque chose qui ressemble plus à une femme qu'à une maison, vous pensez avoir touché le but, et, tout fiers de n'être plus obligés d'écrire à côté de vos figures, *currus venustus* ou *pulcher homo*, comme les premiers peintres, vous vous imaginez être des artistes merveilleux ! Ha ! Ha ! Vous n'y êtes pas encore, mes braves compagnons, il vous faudra user bien des crayons, couvrir bien des toiles avant d'arriver. Assurément, une femme porte sa tête de cette manière, elle tient sa jupe ainsi, ses yeux s'alanguissent et se fondent avec cet air de douceur résignée, l'ombre palpitante des cils flotte ainsi sur les joues ! C'est cela, et ce n'est pas cela. Qu'y manque-t-il ? Un rien, mais ce rien est tout. Vous avez l'apparence de la vie, mais vous n'exprimez pas son trop-plein qui déborde, ce je ne sais quoi qui est l'âme peut-être et qui flotte nuageusement sur l'enveloppe ; enfin cette fleur de vie que Titien et Raphaël ont surprise. En partant du point extrême où vous arrivez, on ferait peut-être d'excellente peinture ; mais vous vous lassez trop vite. Le vulgaire admire, et le vrai connaisseur sourit. Ô Mabuse, ô mon maître, ajouta ce singulier personnage, tu es un voleur, tu as emporté la vie avec toi ! — À cela près, reprit-il, cette toile vaut mieux que les peintures de ce faquin de Rubens avec ses montagnes de viandes flamandes, saupoudrées de vermillon, ses ondées de chevelures rousses, et son tapage de couleurs. Au moins, avez-vous là couleur, sentiment et dessin, les trois parties essentielles de l'Art.

— Mais cette sainte est sublime, bon homme ! s'écria d'une voix forte le jeune homme en sortant d'une rêverie profonde. Ces deux figures, celle de la sainte et celle du batelier, ont une finesse d'intention ignorée des peintres italiens, je n'en sais pas un seul qui eût inventé l'indécision du batelier.

— Ce petit drôle est-il à vous ? demanda Porbus au vieillard.

— Hélas ! maître, pardonnez à ma hardiesse, répondit le néophyte en rougissant. Je suis inconnu, barbouilleur d'instinct, et arrivé depuis peu dans cette ville, source de toute science.

— À l'œuvre ! lui dit Porbus en lui présentant un crayon rouge et une feuille de papier.

L'inconnu copia lestement la Marie au trait.

— Oh ! oh ! s'écria le vieillard. Votre nom ?

Le jeune homme écrivit au bas Nicolas Poussin.

12

— Voilà qui n'est pas mal pour un commençant, dit le singulier personnage qui discourait si follement. Je vois que l'on peut parler peinture devant toi. Je ne te blâme pas d'avoir admiré la sainte de Porbus. C'est un chef-d'œuvre pour tout le monde, et les initiés aux plus profonds arcanes de l'art peuvent seuls découvrir en quoi elle pèche. Mais puisque tu es digne de la leçon, et capable de comprendre, je vais te faire voir combien peu de chose il faudrait pour compléter cette œuvre. Sois tout œil et toute attention, une pareille occasion de t'instruire ne se représentera peut-être jamais. Ta palette, Porbus ?

Porbus alla chercher palette et pinceaux. Le petit vieillard retroussa ses manches avec un mouvement de brusquerie convulsive, passa son pouce dans la palette diaprée et chargée de tons que Porbus lui tendait ; il lui arracha des mains plutôt qu'il ne les prit une poignée de brosses de toutes dimensions, et sa barbe taillée en pointe se remua soudain par des efforts menaçants qui exprimaient le prurit d'une amoureuse fantaisie. Tout en chargeant son pinceau de couleur, il grommelait entre ses dents : — Voici des tons bons à jeter par la fenêtre avec celui qui les a composés, ils sont d'une crudité et d'une fausseté révoltantes, comment peindre avec cela ? Puis il trempait avec une vivacité fébrile la pointe de la brosse dans les différents tas de couleurs dont il parcourait quelquefois la gamme entière plus rapidement qu'un organiste de cathédrale ne parcourt l'étendue de son clavier à l'*O Filii* de Pâques.

Porbus et Poussin se tenaient immobiles chacun d'un côté de la toile, plongés dans la plus véhémente contemplation.

— Vois-tu, jeune homme, disait le vieillard sans se détourner, vois-tu comme au moyen de trois ou quatre touches et d'un petit glacis bleuâtre, on pouvait faire circuler l'air autour de la tête de cette pauvre sainte qui devait étouffer et se sentir prise dans cette atmosphère épaisse ! Regarde comme cette draperie voltige à présent et comme on comprend que la brise la soulève ! Auparavant elle avait l'air d'une toile empesée et soutenue par des épingles. Remarques-tu comme le luisant satiné que je viens de poser sur la poitrine rend bien la grasse souplesse d'une peau de jeune fille, et comme le ton mélangé de brun-rouge et d'ocre calciné réchauffe la grise froideur de cette grande ombre où le sang se figeait au lieu de courir. Jeune homme, jeune homme, ce que je te montre là, aucun maître ne pourrait te l'enseigner. Mabuse seul possédait le secret de donner de la vie aux figures. Mabuse n'a eu qu'un élève, qui est moi. Je n'en ai pas eu, et je suis vieux ! Tu as assez d'intelligence pour deviner le reste, par ce que je te laisse entrevoir.

Tout en parlant, l'étrange vieillard touchait à toutes les parties du tableau : ici deux coups de pinceau, là un seul, mais toujours si à propos qu'on aurait dit une nouvelle peinture, mais une peinture trempée de lumière. Il travaillait avec une ardeur si passionnée que la sueur se perla sur son front dépouillé ; il allait si rapidement par de petits mouvements si impatients, si saccadés, que, pour le jeune Poussin il semblait qu'il y eût dans le corps de ce bizarre personnage un démon qui agissait par ses mains en les prenant fantastiquement contre le gré de l'homme. L'éclat surnaturel des yeux, les convulsions qui semblaient l'effet d'une résistance donnaient à cette idée un semblant de vérité qui devait agir sur une jeune imagination. Le vieillard allait disant : — Paf, paf, paf ! Voilà comment cela se beurre, jeune homme ! Venez, mes petites touches, faites-moi roussir ce ton glacial ! Allons donc ! Pon ! pon ! pon ! disait-il en réchauffant les parties où il avait signalé un défaut de vie, en faisant disparaître par quelques plaques de couleur les différences de tempérament, et rétablissant l'unité de ton que voulait une ardente Égyptienne.

— Vois-tu, petit, il n'y a que le dernier coup de pinceau qui compte. Porbus en a donné cent, moi, je n'en donne qu'un. Personne ne nous sait gré de ce qui est dessous. Sache bien cela !

Enfin ce démon s'arrêta, et se tournant vers Porbus et Poussin muets d'admiration, il leur dit : — Cela ne vaut pas encore ma *Belle Noiseuse*, cependant on pourrait mettre son nom au bas d'une pareille œuvre. Oui, je la signerais, ajouta-t-il en se levant pour prendre un miroir dans lequel il la regarda. — Maintenant, allons déjeuner, dit-il. Venez tous deux à mon logis. J'ai du jambon fumé, du bon vin ! Hé ! hé ! Malgré le malheur des temps, nous causerons peinture ! Nous sommes de force. Voici un petit bonhomme, ajouta-t-il en frappant sur l'épaule de Nicolas Poussin, qui a de la facilité.

Apercevant alors la piètre casaque du Normand, il tira de sa ceinture une bourse de peau, y fouilla, prit deux pièces d'or, et les lui montrant : — J'achète ton dessin, dit-il. — Prends, dit Porbus à Poussin en le voyant tressaillir et rougir de honte, car ce jeune adepte avait la fierté du pauvre. Prends donc, il a dans son escarcelle la rançon de deux rois !

Tous trois, ils descendirent de l'atelier et cheminèrent en devisant sur les arts, jusqu'à une belle maison de bois, située près du pont Saint-Michel, et dont les ornements, le heurtoir, les encadrements de croisées, les arabesques émerveillèrent Poussin. Le peintre en espérance se trouva tout à coup dans une salle basse, devant un bon feu, près d'une table chargée de mets appétissants, et par un bonheur inouï, dans la compagnie de deux grands artistes pleins de bonhomie.

— Jeune homme, lui dit Porbus en le voyant ébahi devant un tableau, ne regardez pas trop cette toile, vous tomberiez dans le désespoir.

C'était l'*Adam* que fit Mabuse pour sortir de prison où ses créanciers le retinrent si longtemps. Cette figure offrait, en effet, une telle puissance de réalité, que Nicolas Poussin commença dès ce moment à comprendre le véritable sens des confuses paroles dites par le vieillard. Celui-ci regardait le tableau d'un air satisfait, mais sans enthousiasme, et semblait dire « J'ai fait mieux ! »

— Il y a de la vie, dit-il. Mon pauvre maître s'y est surpassé ; mais il manquait encore un peu de vérité dans le fond de la toile. L'homme est bien vivant, il se lève et va venir à nous. Mais l'air, le ciel, le vent que nous respirons, voyons et sentons, n'y sont pas. Puis il n'y a encore là qu'un homme ! Or le seul homme qui soit immédiatement sorti des mains de Dieu, devait avoir quelque chose de divin qui manque. Mabuse le disait lui-même avec dépit quand il n'était pas ivre.

Poussin regardait alternativement le vieillard et Porbus avec une inquiète curiosité. Il s'approcha de celui-ci comme pour lui demander le nom de leur hôte ; mais le peintre se mit un doigt sur les lèvres d'un air de mystère, et le jeune homme, vivement intéressé, garda le silence, espérant que tôt ou tard quelque mot lui permettrait de deviner le nom de son hôte, dont la richesse et les talents étaient suffisamment attestés par le respect que Porbus lui témoignait, et par les merveilles entassées dans cette salle.

Poussin, voyant sur la sombre boiserie de chêne un magnifique portrait de femme, s'écria : — Quel beau Giorgion !

— Non ! répondit le vieillard, vous voyez un de mes premiers barbouillages !

— Tudieu ! Je suis donc chez le dieu de la peinture, dit naïvement le Poussin.

Le vieillard sourit comme un homme familiarisé depuis longtemps avec cet éloge.

— Maître Frenhofer ! dit Porbus, ne sauriez-vous faire venir un peu de votre bon vin du Rhin pour moi ?

— Deux pipes, répondit le vieillard. Une pour m'acquitter du plaisir que j'ai eu ce matin en voyant ta jolie pécheresse, et l'autre comme un présent d'amitié.

— Ah ! si je n'étais pas toujours souffrant, reprit Porbus, et si vous vouliez me laisser voir votre *Belle Noiseuse*, je pourrais faire quelque peinture haute, large et profonde, où les figures seraient de grandeur naturelle.

— Montrer mon œuvre, s'écria le vieillard tout ému. Non, non, je dois la perfectionner encore. Hier, vers le soir, dit-il, j'ai cru avoir fini. Ses yeux me semblaient humides, sa chair était agitée. Les tresses de ses cheveux remuaient. Elle respirait ! Quoique j'aie trouvé le moyen de réaliser sur une toile plate le relief et la rondeur de la nature, ce matin, au jour, j'ai reconnu mon erreur. Ah ! pour arriver à ce résultat glorieux, j'ai étudié à fond les grands maîtres du coloris, j'ai analysé et soulevé couche par couche les tableaux de Titien, ce roi de la lumière ; j'ai, comme ce peintre souverain, ébauché ma figure dans un ton clair avec une pâte souple et nourrie, car l'ombre n'est qu'un accident, retiens cela, petit. Puis je suis revenu sur mon œuvre, et au moyen de demi-teintes et de glacis dont je diminuais de plus en plus la transparence, j'ai rendu les ombres les plus vigoureuses et jusqu'aux noirs les plus fouillés ; car les ombres des peintres ordinaires sont d'une autre nature que leurs tons éclairés ; c'est du bois, de l'airain, c'est tout ce que vous voudrez, excepté de la chair dans l'ombre. On sent que si leur figure changeait de position, les places ombrées ne se nettoieraient pas et ne deviendraient pas lumineuses. J'ai évité ce défaut où beaucoup d'entre les plus illustres sont tombés, et chez moi la blancheur se révèle sous l'opacité de l'ombre la plus soutenue ! Comme une foule d'ignorants qui s'imaginent dessiner correctement parce qu'ils font un trait soigneusement ébarbé, je n'ai pas marqué sèchement les bords extérieurs de ma figure et fait ressortir jusqu'au moindre détail anatomique, car le corps humain ne finit pas par des lignes. En cela les sculpteurs peuvent plus approcher de la vérité que nous autres. La nature comporte une suite de rondeurs qui s'enveloppent les unes dans les autres. Rigoureusement parlant, le dessin n'existe pas ! Ne riez pas, jeune homme ! Quoique singulier que vous paraisse ce mot, vous en comprendrez quelque jour les raisons. La ligne est le moyen par lequel l'homme se rend compte de l'effet de la lumière sur les objets ; mais il n'y a pas de lignes dans la nature où tout est plein : c'est en modelant qu'on dessine, c'est-à-dire qu'on détache les choses du milieu où elles sont, la distribution du jour donne seule l'apparence au corps ! Aussi n'ai-je pas arrêté les linéaments, j'ai répandu sur les contours un nuage de demi-teintes blondes et chaudes qui fait que l'on ne saurait précisément poser le doigt sur la place où les contours se rencontrent avec les fonds. De près, ce travail semble cotonneux et paraît manquer de précision, mais à deux pas, tout se raffermit, s'arrête et se détache ; le corps tourne, les formes deviennent saillantes, l'on sent l'air circuler tout autour. Cependant je

17

ne suis pas encore content, j'ai des doutes. Peut-être faudrait-il ne pas dessiner un seul trait, et vaudrait-il mieux attaquer une figure par le milieu en s'attachant d'abord aux saillies les plus éclairées, pour passer ensuite aux portions les plus sombres. N'est-ce pas ainsi que procède le soleil, ce divin peintre de l'univers ; oh ! nature ! nature ! qui jamais t'a surprise dans tes fuites ? Tenez, le trop de science, de même que l'ignorance, arrive à une négation. Je doute de mon œuvre !

Le vieillard fit une pause, puis il reprit : — Voilà dix ans, jeune homme, que je travaille ; mais que sont dix petites années quand il s'agit de lutter avec la nature ? Nous ignorons le temps qu'employa le seigneur Pygmalion pour faire la seule statue qui ait marché !

Le vieillard tomba dans une rêverie profonde, et resta les yeux fixes en jouant machinalement avec son couteau.

— Le voilà en conversation avec son *esprit*, dit Porbus à voix basse.

À ce mot, Nicolas Poussin se sentit sous la puissance d'une inexplicable curiosité d'artiste. Ce vieillard aux yeux blancs, attentif et stupide, devenu pour lui plus qu'un homme, lui apparut comme un génie fantasque qui vivait dans une sphère inconnue. Il réveillait mille idées confuses en l'âme. Le phénomène moral de cette espèce de fascination ne peut pas plus se définir qu'on ne peut traduire l'émotion excitée par un chant qui rappelle la patrie au cœur de l'exilé. Le mépris que ce vieil homme affectait d'exprimer pour les plus belles tentatives de l'art, sa richesse, ses manières, les déférences de Porbus pour lui, cette œuvre tenue si longtemps secrète, œuvre de patience, œuvre de génie sans doute, s'il fallait en croire la tête de Vierge que le jeune Poussin avait si franchement admirée, et qui belle encore, même près de l'*Adam* de Mabuse, attestait le faire impérial d'un des princes de l'art ; tout en ce vieillard allait au-delà des bornes de la nature humaine. Ce que la riche imagination de Nicolas Poussin put saisir de clair et de perceptible en voyant cet être surnaturel, était une complète image de la nature artiste, de cette nature folle à laquelle tant de pouvoirs sont confiés, et qui trop souvent en abuse, emmenant la froide raison, les bourgeois et même quelques amateurs, à travers mille routes pierreuses, où, pour eux, il n'y a rien ; tandis que folâtre en ces fantaisies, cette fille aux ailes blanches y découvre des épopées, des châteaux, des œuvres d'art. Nature moqueuse et bonne, féconde et pauvre ! Ainsi, pour l'enthousiaste Poussin, ce vieillard était devenu, par une transfiguration subite, l'Art lui-même, l'Art avec ses secrets, ses fougues et ses rêveries.

— Oui, mon cher Porbus, reprit Frenhofer, il m'a manqué jusqu'à présent de rencontrer une femme irréprochable, un corps dont les contours soient d'une beauté parfaite, et dont la carnation... Mais où est-elle vivante, dit-il en s'interrompant, cette introuvable Vénus des anciens, si souvent cherchée, et de qui nous rencontrons à peine quelques beautés éparses ? Oh ! pour voir un moment, une seule fois, la nature divine, complète, l'idéal enfin, je donnerais toute ma fortune, mais j'irais te chercher dans tes limbes, beauté céleste ! Comme Orphée, je descendrais dans l'enfer de l'art pour en ramener la vie.

— Nous pouvons partir d'ici, dit Porbus à Poussin, il ne nous entend plus, ne nous voit plus !

— Allons à son atelier, répondit le jeune homme émerveillé.

— Oh ! Le vieux reître a su en défendre l'entrée. Ses trésors sont trop bien gardés pour que nous puissions y arriver. Je n'ai pas attendu votre avis et votre fantaisie pour tenter l'assaut du mystère.

— Il y a donc un mystère ?

— Oui, répondit Porbus. Le vieux Frenhofer est le seul élève que Mabuse ait voulu faire. Devenu son ami, son sauveur, son père, Frenhofer a sacrifié la plus grande partie de ses trésors à satisfaire les passions de Mabuse ; en échange, Mabuse lui a légué le secret du relief, le pouvoir de donner aux figures cette vie extraordinaire, cette fleur de nature, notre désespoir éternel, mais dont il possédait si bien *le faire*, qu'un jour, ayant vendu et bu le damas à fleurs avec lequel il devait s'habiller à l'entrée de Charles Quint, il accompagna son maître avec un vêtement de papier peint en damas. L'éclat particulier de l'étoffe portée par Mabuse surprit l'empereur, qui, voulant en faire compliment au protecteur du vieil ivrogne, découvrit la supercherie. Frenhofer est un homme passionné pour notre art, qui voit plus haut et plus loin que les autres peintres. Il a profondément médité sur les couleurs, sur la vérité absolue de la ligne ; mais, à force de recherches, il est arrivé à douter de l'objet même de ses recherches. Dans ses moments de désespoir, il prétend que le dessin n'existe pas et qu'on ne peut rendre avec des traits que des figures géométriques ; ce qui est au-delà du vrai, puisque avec le trait et le noir, qui n'est pas une couleur, on peut faire une figure ; ce qui prouve que notre art est, comme la nature, composé d'une infinité d'éléments : le dessin donne un squelette, la couleur est la vie, mais la vie sans le squelette est une chose plus incomplète que le squelette sans la vie. Enfin, il y a quelque chose de plus vrai que tout ceci, c'est que la pratique et l'observation sont tout chez un peintre, et que si le raisonnement et la poésie se querellent avec les brosses, on arrive au doute comme le bonhomme, qui est aussi fou que peintre. Peintre sublime, il a eu le malheur de naître riche, ce qui lui a permis de divaguer. Ne l'imitez pas ! Travaillez ! Les peintres ne doivent méditer que les brosses à la main.

— Nous y pénétrerons, s'écria le Poussin n'écoutant plus Porbus et ne doutant plus de rien.

Porbus sourit à l'enthousiasme du jeune inconnu, et le quitta en l'invitant à venir le voir.

Nicolas Poussin revint à pas lents vers la rue de la Harpe, et dépassa sans s'en apercevoir la modeste hôtellerie où il était logé. Montant avec une inquiète promptitude son misérable escalier, il parvint à une chambre haute, située sous une toiture en colombage, naïve et légère couverture des maisons du vieux Paris. Près de l'unique et sombre fenêtre de cette chambre, il vit une jeune fille qui, au bruit de la porte, se dressa soudain par un mouvement d'amour ; elle avait reconnu le peintre à la manière dont il avait attaqué le loquet.

— Qu'as-tu ? lui dit-elle.

— J'ai, j'ai, s'écria-t-il en étouffant de plaisir, que je me suis senti peintre ! J'avais douté de moi jusqu'à présent, mais ce matin j'ai cru en moi-même ! Je puis être un grand homme ! Va, Gillette, nous serons riches, heureux ! Il y a de l'or dans ces pinceaux.

Mais il se tut soudain. Sa figure grave et vigoureuse perdit son expression de joie quand il compara l'immensité de ses espérances à la médiocrité de ses ressources. Les murs étaient couverts de simples papiers chargés d'esquisses au crayon. Il ne possédait pas quatre toiles propres. Les couleurs avaient alors un haut prix, et le pauvre gentilhomme voyait sa palette à peu près nue. Au sein de cette misère, il possédait et ressentait d'incroyables richesses de cœur, et la surabondance d'un génie dévorant. Amené à Paris par un gentilhomme de ses amis, ou peut-être par son propre talent, il y avait rencontré soudain une maîtresse, une de ces âmes nobles et généreuses qui viennent souffrir près d'un grand homme, en épousent les misères et s'efforcent de comprendre leurs caprices ; forte pour la misère et l'amour, comme d'autres sont intrépides à porter le luxe, à faire parader leur insensibilité. Le sourire errant sur les lèvres de Gillette dorait ce grenier et rivalisait avec l'éclat du ciel. Le soleil ne brillait pas toujours, tandis qu'elle était toujours là, recueillie dans sa passion, attachée à son bonheur, à sa souffrance, consolant le génie qui débordait dans l'amour avant de s'emparer de l'art.

— Écoute, Gillette, viens.

L'obéissante et joyeuse fille sauta sur les genoux du peintre. Elle était toute grâce, toute beauté, jolie comme un printemps, parée de toutes les richesses féminines et les éclairant par le feu d'une belle âme.

— Ô Dieu ! s'écria-t-il, je n'oserai jamais lui dire...

— Un secret ? reprit elle, je veux le savoir.

Le Poussin resta rêveur.

— Parle donc.

— Gillette ! Pauvre cœur aimé !

— Oh ! Tu veux quelque chose de moi ?

— Oui.

— Si tu désires que je pose encore devant toi comme l'autre jour, reprit-elle d'un petit air boudeur, je n'y consentirai plus jamais, car, dans ces moments-là, tes yeux ne me disent plus rien. Tu ne penses plus à moi, et cependant tu me regardes.

— Aimerais-tu mieux me voir copiant une autre femme ?

— Peut-être, dit-elle, si elle était bien laide.

— Eh ! bien, reprit Poussin d'un ton sérieux, si pour ma gloire à venir, si pour me faire grand peintre, il fallait aller poser chez un autre ?

— Tu veux m'éprouver, dit-elle. Tu sais bien que je n'irais pas.

Le Poussin pencha sa tête sur sa poitrine comme un homme qui succombe à une joie ou à une douleur trop forte pour son âme.

— Écoute, dit-elle en tirant Poussin par la manche de son pourpoint usé, je t'ai dit, Nick, que je donnerais ma vie pour toi : mais je ne t'ai jamais promis, moi vivante, de renoncer à mon amour.

— Y renoncer ? s'écria Poussin.

— Si je me montrais ainsi à un autre, tu ne m'aimerais plus. Et moi-même je me trouverais indigne de toi. Obéir à tes caprices, n'est-ce pas chose naturelle et simple ? Malgré moi, je suis heureuse, et même fière de faire ta chère volonté. Mais pour un autre ! fi donc.

— Pardonne, ma Gillette, dit le peintre en se jetant à ses genoux. J'aime mieux être aimé que glorieux. Pour moi, tu es plus belle que la fortune et les honneurs. Va, jette mes pinceaux, brûle ces esquisses. Je me suis trompé. Ma vocation, c'est de t'aimer. Je ne suis pas peintre, je suis amoureux. Périssent et l'art et tous ses secrets !

Elle l'admirait, heureuse, charmée ! Elle régnait, elle sentait instinctivement que les arts étaient oubliés pour elle, et jetés à ses pieds comme un grain d'encens.

— Ce n'est pourtant qu'un vieillard, reprit Poussin. Il ne pourra voir que la femme en toi. Tu es si parfaite !

— Il faut bien aimer, s'écria-t-elle prête à sacrifier ses scrupules d'amour pour récompenser son amant de tous les sacrifices qu'il lui faisait. Mais, reprit-elle, ce serait me perdre. Ah ! Me perdre pour toi. Oui, cela est bien beau ! Mais tu m'oublieras. Oh ! quelle mauvaise pensée as-tu donc eue là !

— Je l'ai eue et je t'aime, dit-il avec une sorte de contrition ; mais je suis donc un infâme.

— Consultons le père Hardouin ? dit-elle.

— Oh, non ! Que ce soit un secret entre nous deux.

— Eh ! bien, j'irai ; mais ne sois pas là, dit-elle. Reste à la porte, armé de ta dague ; si je crie, entre et tue le peintre.

Ne voyant plus que son art, le Poussin pressa Gillette dans ses bras.

— Il ne m'aime plus ! pensa Gillette quand elle se trouva seule.

Elle se repentait déjà de sa résolution. Mais elle fut bientôt en proie à une épouvante plus cruelle que son repentir, elle s'efforça de chasser une pensée affreuse qui s'élevait dans son cœur. Elle croyait aimer déjà moins le peintre en le soupçonnant moins estimable qu'auparavant.

Catherine Lescault

Trois mois après la rencontre de Poussin et de Porbus, celui-ci vint voir maître Frenhofer. Le vieillard était alors en proie à l'un de ces découragements profonds et spontanés dont la cause est, s'il faut en croire les mathématiciens de la médecine, dans une digestion mauvaise, dans le vent, la chaleur ou quelque empâtement des hypochondres ; et, suivant les spiritualistes, dans l'imperfection de notre nature morale. Le bonhomme s'était purement et simplement fatigué à parachever son mystérieux tableau. Il était languissamment assis dans une vaste chaire de chêne sculpté, garnie de cuir noir ; et, sans quitter son attitude mélancolique, il lança sur

Porbus le regard d'un homme qui s'était établi dans son ennui.

— Eh ! bien, maître, lui dit Porbus, l'outremer que vous êtes allé chercher à Bruges était-il mauvais, est-ce que vous n'avez pas su broyer notre nouveau blanc, votre huile est-elle méchante, ou les pinceaux rétifs ?

— Hélas ! s'écria le vieillard, j'ai cru pendant un moment que mon œuvre était accomplie ; mais je me suis, certes, trompé dans quelques détails, et je ne serai tranquille qu'après avoir éclairci mes doutes. Je me décide à voyager et vais aller en Turquie, en Grèce, en Asie pour y chercher un modèle et comparer mon tableau à diverses natures. Peut-être ai-je là-haut, reprit-il en laissant échapper un sourire de contentement, la nature elle-même. Parfois, j'ai quasi peur qu'un souffle ne me réveille cette femme et qu'elle ne disparaisse.

Puis il se leva tout à coup, comme pour partir.

— Oh ! oh ! répondit Porbus, j'arrive à temps pour vous épargner la dépense et les fatigues du voyage.

— Comment ? demanda Frenhofer étonné.

— Le jeune Poussin est aimé par une femme dont l'incomparable beauté se trouve sans imperfection aucune. Mais, mon cher maître, s'il consent à vous la prêter, au moins faudra-t-il nous laisser voir votre toile.

Le vieillard resta debout, immobile, dans un état de stupidité parfaite.

— Comment ! s'écria-t-il enfin douloureusement, montrer ma créature, mon épouse ? déchirer le voile sous lequel j'ai chastement couvert mon bonheur ? Mais ce serait une horrible prostitution ! Voilà dix ans que je vis avec cette femme, elle est à moi, à moi seul, elle m'aime. Ne m'a-t-elle pas souri à chaque coup de pinceau que je lui ai donné ? Elle a une âme, l'âme dont je l'ai douée. Elle rougirait si d'autres yeux que les miens s'arrêtaient sur elle. La faire voir ! Mais quel est le mari, l'amant assez vil pour conduire sa femme au déshonneur ? Quand tu fais un tableau pour la cour, tu n'y mets pas toute ton âme, tu ne vends aux courtisans que des mannequins coloriés ! Ma peinture n'est pas une peinture, c'est un sentiment, une passion ! Née dans mon

atelier, elle doit y rester vierge, et n'en peut sortir que
vêtue. La poésie et les femmes ne se livrent nues qu'à
leurs amants ! Possédons-nous le modèle de Raphaël,
l'Angélique de l'Arioste, la Béatrix du Dante ? Non ! Nous
n'en voyons que les Formes. Eh ! bien, l'œuvre que je tiens
là-haut sous mes verrous est une exception dans notre
art. Ce n'est pas une toile, c'est une femme ! une femme
avec laquelle je ris, je pleure, je cause et pense. Veux-tu
que tout à coup je quitte un bonheur de dix années
comme on jette un manteau ? Que tout à coup je cesse
d'être père, amant et Dieu ? Cette femme n'est pas une
créature, c'est une création. Vienne ton jeune homme, je
lui donnerai mes trésors, je lui donnerai des tableaux du
Corrège, de Michel-Ange, du Titien, je baiserai la marque
de ses pas dans la poussière ; mais en faire mon rival ?
Honte à moi ! Ha ! ha ! Je suis plus amant encore que je
ne suis peintre. Oui, j'aurai la force de brûler ma *Belle
Noiseuse* à mon dernier soupir ; mais lui faire supporter
le regard d'un homme, d'un jeune homme, d'un peintre ?
Non, non ! Je tuerais le lendemain celui qui l'aurait souil-
lée d'un regard ! Je te tuerais à l'instant, toi, mon ami, si
tu ne la saluais pas à genoux ! Veux-tu maintenant que je
soumette mon idole aux froids regards et aux stupides
critiques des imbéciles ? Ah ! l'amour est un mystère, il
n'a de vie qu'au fond des cœurs, et tout est perdu quand
un homme dit même à son ami : — Voilà celle que j'aime !

Le vieillard semblait être redevenu jeune ; ses yeux
avaient de l'éclat et de la vie : ses joues pâles étaient
nuancées d'un rouge vif, et ses mains tremblaient. Porbus, étonné de la violence passionnée avec laquelle ces
paroles furent dites, ne savait que répondre à un sentiment aussi neuf que profond. Frenhofer était-il raison-
nable ou fou ? Se trouvait-il subjugué par une fantaisie
d'artiste, ou les idées qu'il avait exprimées procédaient-
elles de ce fanatisme inexprimable produit en nous par
le long enfantement d'une grande œuvre ? Pouvait-on
jamais espérer de transiger avec cette passion bizarre ?

En proie à toutes ces pensées, Porbus dit au vieillard :

— Mais n'est-ce pas femme pour femme ? Poussin ne
livre-t-il pas sa maîtresse à vos regards ?

— Quelle maîtresse ? répondit Frenhofer. Elle le trahira tôt ou tard. La mienne me sera toujours fidèle !

— Eh ! bien, reprit Porbus, n'en parlons plus. Mais avant que vous ne trouviez, même en Asie, une femme aussi belle, aussi parfaite que celle dont je parle, vous mourrez peut-être sans avoir achevé votre tableau.

— Oh ! il est fini, dit Frenhofer. Qui le verrait, croirait apercevoir une femme couchée sur un lit de velours, sous des courtines. Près d'elle un trépied d'or exhale des parfums. Tu serais tenté de prendre le gland des cordons qui retiennent les rideaux, et il te semblerait voir le sein de *Catherine Lescault*, une belle courtisane appelée *la Belle Noiseuse*, rendre le mouvement de sa respiration. Cependant je voudrais bien être certain...

— Va donc en Asie, répondit Porbus en apercevant une sorte d'hésitation dans le regard de Frenhofer.

Et Porbus fit quelques pas vers la porte de la salle.

En ce moment Gillette et Nicolas Poussin étaient arrivés près du logis de Frenhofer. Quand la jeune fille fut sur le point d'y entrer, elle quitta le bras du peintre, et se recula comme si elle eût été saisie par quelque soudain pressentiment.

— Mais que viens-je donc faire ici ? demanda-t-elle à son amant d'un son de voix profond et en le regardant d'un œil fixe.

— Gillette, je t'ai laissée maîtresse et veux t'obéir en tout. Tu es ma conscience et ma gloire. Reviens au logis, je serai plus heureux, peut-être, que si tu...

— Suis-je à moi quand tu me parles ainsi ? Oh ! non, je ne suis plus qu'une enfant. — Allons, ajouta-t-elle en paraissant faire un violent effort, si notre amour périt, et si je mets dans mon cœur un long regret, ta célébrité ne sera-t-elle pas le prix de mon obéissance à tes désirs ? Entrons, ce sera vivre encore que d'être toujours comme un souvenir dans ta palette.

En ouvrant la porte de la maison, les deux amants se rencontrèrent avec Porbus qui, surpris par la beauté de Gillette dont les yeux étaient alors pleins de larmes, la saisit toute tremblante, et l'amenant devant le vieillard :

— Tenez, dit-il, ne vaut-elle pas tous les chefs-d'œuvre du monde ?

Frenhofer tressaillit. Gillette était là, dans l'attitude naïve et simple d'une jeune Géorgienne innocente et peureuse, ravie et présentée par des brigands à quelque marchand d'esclaves. Une pudique rougeur colorait son visage, elle baissait les yeux, ses mains étaient pendantes à ses côtés, ses forces semblaient l'abandonner, et des larmes protestaient contre la violence faite à sa pudeur. En ce moment, Poussin, au désespoir d'avoir sorti ce beau trésor de son grenier, se maudit lui-même. Il devint plus amant qu'artiste, et mille scrupules lui torturèrent le cœur quand il vit l'œil rajeuni du vieillard, qui, par une habitude de peintre, déshabilla, pour ainsi dire, cette jeune fille en en devinant les formes les plus secrètes. Il revint alors à la féroce jalousie du véritable amour.

— Gillette, partons ! s'écria-t-il.

À cet accent, à ce cri, sa maîtresse joyeuse leva les yeux sur lui, le vit, et courut dans ses bras.

— Ah ! tu m'aimes donc, répondit-elle en fondant en larmes.

Après avoir eu l'énergie de taire sa souffrance, elle manquait de force pour cacher son bonheur.

— Oh ! laissez-la-moi pendant un moment, dit le vieux peintre, et vous la comparerez à ma Catherine. Oui, j'y consens.

Il y avait encore de l'amour dans le cri de Frenhofer. Il semblait avoir de la coquetterie pour son semblant de femme, et jouir par avance du triomphe que la beauté de sa vierge allait remporter sur celle d'une vraie jeune fille.

— Ne le laissez pas se dédire, s'écria Porbus en frappant sur l'épaule de Poussin. Les fruits de l'amour passent vite, ceux de l'art sont immortels.

— Pour lui, répondit Gillette en regardant attentivement le Poussin et Porbus, ne suis-je donc pas plus qu'une femme ? Elle leva la tête avec fierté ; mais quand, après avoir jeté un coup d'œil étincelant à Frenhofer, elle vit son amant occupé à contempler de nouveau le portrait qu'il avait pris naguère pour un Giorgion :

— Ah ! dit-elle, montons ! Il ne m'a jamais regardée ainsi.

— Vieillard, reprit Poussin tiré de sa méditation par la voix de Gillette, vois cette épée, je la plongerai dans ton cœur au premier mot de plainte que prononcera cette jeune fille, je mettrai le feu à ta maison, et personne n'en sortira. Comprends-tu ?

Nicolas Poussin était sombre, et sa parole fut terrible. Cette attitude et surtout le geste du jeune peintre consolèrent Gillette qui lui pardonna presque de la sacrifier à la peinture et à son glorieux avenir. Porbus et Poussin restèrent à la porte de l'atelier, se regardant l'un l'autre en silence. Si, d'abord, le peintre de la *Marie égyptienne* se permit quelques exclamations : — Ah ! elle se déshabille, il lui dit de se mettre au jour ! Il la compare ! Bientôt il se tut à l'aspect du Poussin dont le visage était profondément triste ; et, quoique les vieux peintres n'aient plus de ces scrupules si petits en présence de l'art, il les admira tant ils étaient naïfs et jolis. Le jeune homme avait la main sur la garde de sa dague et l'oreille presque collée à la porte. Tous deux, dans l'ombre et debout, ressemblaient ainsi à deux conspirateurs attendant l'heure de frapper un tyran.

— Entrez, entrez, leur dit le vieillard rayonnant de bonheur. Mon œuvre est parfaite, et maintenant je puis la montrer avec orgueil. Jamais peintre, pinceaux, couleurs, toile et lumière ne feront une rivale à Catherine Lescault, la belle courtisane.

En proie à une vive curiosité, Porbus et Poussin coururent au milieu d'un vaste atelier couvert de poussière, où tout était en désordre, où ils virent çà et là des tableaux accrochés aux murs. Ils s'arrêtèrent tout d'abord devant une figure de femme de grandeur naturelle, demi-nue, et pour laquelle ils furent saisis d'admiration.

— Oh ! Ne vous occupez pas de cela, dit Frenhofer, c'est une toile que j'ai barbouillée pour étudier une pose, ce tableau ne vaut rien. Voilà mes erreurs, reprit-il en leur montrant de ravissantes compositions suspendues aux murs, autour d'eux.

À ces mots, Porbus et Poussin, stupéfaits de ce dédain pour de telles œuvres, cherchèrent le portrait annoncé, sans réussir à l'apercevoir.

— Eh ! bien, le voilà ! leur dit le vieillard dont les cheveux étaient en désordre, dont le visage était enflammé par une exaltation surnaturelle, dont les yeux pétillaient, et qui haletait comme un jeune homme ivre d'amour. — Ah ! ah ! s'écria-t-il, vous ne vous attendiez pas à tant de perfection ! Vous êtes devant une femme et vous cherchez un tableau. Il y a tant de profondeur sur cette toile, l'air y est si vrai, que vous ne pouvez plus le distinguer de l'air qui nous environne. Où est l'art ? perdu, disparu ! Voilà les formes mêmes d'une jeune fille. N'ai-je pas bien saisi la couleur, le vif de la ligne qui paraît terminer le corps ? N'est-ce pas le même phénomène que nous présentent les objets qui sont dans l'atmosphère comme les poissons dans l'eau ? Admirez comme les contours se détachent du fond ? Ne semble-t-il pas que vous puissiez passer la main sur ce dos ? Aussi, pendant sept années, ai-je étudié les effets de l'accouplement du jour et des objets. Et ces cheveux, la lumière ne les inonde-t-elle pas ?... Mais elle a respiré, je crois !... Ce sein, voyez ? Ah ! qui ne voudrait l'adorer à genoux ? Les chairs palpitent. Elle va se lever, attendez.

— Apercevez-vous quelque chose ? demanda Poussin à Porbus.

— Non. Et vous ?

— Rien.

Les deux peintres laissèrent le vieillard à son extase, regardèrent si la lumière, en tombant d'aplomb sur la toile qu'il leur montrait, n'en neutralisait pas tous les effets. Ils examinèrent alors la peinture en se mettant à droite, à gauche, de face, en se baissant et se levant tour à tour.

— Oui, oui, c'est bien une toile, leur disait Frenhofer en se méprenant sur le but de cet examen scrupuleux. Tenez, voilà le châssis, le chevalet, enfin voici mes couleurs, mes pinceaux.

Et il s'empara d'une brosse qu'il leur présenta par un mouvement naïf.

— Le vieux lansquenet se joue de nous, dit Poussin en revenant devant le prétendu tableau. Je ne vois là que des couleurs confusément amassées et contenues par une multitude de lignes bizarres qui forment une muraille de peinture.

— Nous nous trompons, voyez ?... reprit Porbus.

En s'approchant, ils aperçurent dans un coin de la toile le bout d'un pied nu qui sortait de ce chaos de couleurs, de tons, de nuances indécises, espèce de brouillard sans forme ; mais un pied délicieux, un pied vivant ! Ils restèrent pétrifiés d'admiration devant ce fragment échappé à une incroyable, à une lente et progressive destruction. Ce pied apparaissait là comme un torse de quelque Vénus en marbre de Paros qui surgirait parmi les décombres d'une ville incendiée.

— Il y a une femme là-dessous, s'écria Porbus en faisant remarquer à Poussin les couches de couleurs que le vieux peintre avait successivement superposées en croyant perfectionner sa peinture.

Les deux peintres se tournèrent spontanément vers Frenhofer, en commençant à s'expliquer, mais vaguement, l'extase dans laquelle il vivait.

— Il est de bonne foi, dit Porbus.

— Oui, mon ami, répondit le vieillard en se réveillant, il faut de la foi, de la foi dans l'art, et vivre pendant longtemps avec son œuvre pour produire une semblable création. Quelques-unes de ces ombres m'ont coûté bien des travaux. Tenez, il y a là sur sa joue, au-dessous des yeux, une légère pénombre qui, si vous l'observez dans la nature, vous paraîtra presque intraduisible. Eh ! bien, croyez-vous que cet effet ne m'ait pas coûté des peines inouïes à reproduire ? Mais aussi, mon cher Porbus, regarde attentivement mon travail, et tu comprendras mieux ce que je te disais sur la manière de traiter le modelé et les contours. Regarde la lumière du sein, et vois comme, par une suite de touches et de *rehauts* fortement empâtés, je suis parvenu à accrocher la véritable lumière et à la combiner avec la blancheur luisante des tons éclairés ; et comme par un travail contraire, en effaçant les saillies et le grain de la pâte, j'ai pu, à force de caresser le contour de ma figure, noyé dans la demiteinte, ôter jusqu'à l'idée de dessin et de moyens artificiels, et lui donner l'aspect et la rondeur même de la nature. Approchez, vous verrez mieux ce travail. De loin, il disparaît. Tenez ? Là il est, je crois, très remarquable.

Et du bout de sa brosse, il désignait aux deux peintres un pâté de couleur claire.

Porbus frappa sur l'épaule du vieillard en se tournant vers Poussin : — Savez-vous que nous voyons en lui un bien grand peintre ? dit-il.

— Il est encore plus poète que peintre, répondit gravement Poussin.

— Là, reprit Porbus en touchant la toile, finit notre art sur terre.

— Et de là, il va se perdre dans les cieux, dit Poussin.

— Combien de jouissances sur ce morceau de toile ! s'écria Porbus.

Le vieillard absorbé ne les écoutait pas, et souriait à cette femme imaginaire.

— Mais, tôt ou tard, il s'apercevra qu'il n'y a rien sur sa toile, s'écria Poussin.

— Rien sur ma toile, dit Frenhofer en regardant tour à tour les deux peintres et son prétendu tableau.

— Qu'avez-vous fait ! répondit Porbus à Poussin.

Le vieillard saisit avec force le bras du jeune homme et lui dit : — Tu ne vois rien, manant ! maheustre ! bélître ! bardache ! Pourquoi donc es-tu monté ici ? — Mon bon Porbus, reprit-il en se tournant vers le peintre, est-ce que, vous aussi, vous vous joueriez de moi ? Répondez ! Je suis votre ami, dites, aurais-je donc gâté mon tableau ?

Porbus, indécis, n'osa rien dire ; mais l'anxiété peinte sur la physionomie blanche du vieillard était si cruelle, qu'il montra la toile en disant :

— Voyez !

Frenhofer contempla son tableau pendant un moment et chancela.

— Rien, rien ! Et avoir travaillé dix ans !

Il s'assit et pleura.

— Je suis donc un imbécile, un fou ! je n'ai donc ni talent, ni capacité, je ne suis plus qu'un homme riche qui, en marchant, ne fait que marcher ! Je n'aurai donc rien produit.

Il contempla sa toile à travers ses larmes, il se releva tout à coup avec fierté, et jeta sur les deux peintres un regard étincelant.

— Par le sang, par le corps, par la tête du Christ, vous êtes des jaloux qui voulez me faire croire qu'elle est gâtée pour me la voler ! Moi je la vois ! cria-t-il, elle est merveilleusement belle.

En ce moment, Poussin entendit les pleurs de Gillette, oubliée dans un coin.

— Qu'as-tu, mon ange ? lui demanda le peintre redevenu subitement amoureux.

— Tue-moi ! dit-elle. Je serais une infâme de t'aimer encore, car je te méprise. Je t'admire et tu me fais horreur. Je t'aime et je crois que je te hais déjà.

Pendant que Poussin écoutait Gillette, Frenhofer recouvrait sa Catherine d'une serge verte, avec la sérieuse tranquillité d'un joaillier qui ferme ses tiroirs en se croyant en compagnie d'adroits larrons. Il jeta sur les deux peintres un regard profondément sournois, plein de mépris et de soupçon, les mit silencieusement à la porte de son atelier, avec une promptitude convulsive. Puis, il leur dit sur le seuil de son logis : — Adieu, mes petits amis.

Cet adieu glaça les deux peintres. Le lendemain, Porbus, inquiet, revint voir Frenhofer, et apprit qu'il était mort dans la nuit, après avoir brûlé ses toiles.

Paris, février 1832.

La maison du Chat-qui-pelote

DÉDIÉ À MADEMOISELLE MARIE DE MONTHEAU

Au milieu de la rue Saint-Denis, presque au coin de la rue du Petit-Lion, existait naguère une de ces maisons précieuses qui donnent aux historiens la facilité de reconstruire par analogie l'ancien Paris. Les murs menaçants de cette bicoque semblaient avoir été bariolés d'hiéroglyphes. Quel autre nom le flâneur pouvait-il donner aux X et V que traçaient sur la façade les pièces de bois transversales ou diagonales dessinées dans le badigeon par de petites lézardes parallèles ? Évidemment, au passage de toutes les voitures, chacune de ces solives s'agitait dans sa mortaise. Ce vénérable édifice était surmonté d'un toit triangulaire dont aucun modèle ne se verra bientôt plus à Paris. Cette couverture, tordue par les intempéries du climat parisien, s'avançait de trois pieds sur la rue, autant pour garantir des eaux pluviales le seuil de la porte, que pour abriter le mur d'un grenier et sa lucarne sans appui. Ce dernier étage était construit en planches clouées l'une sur l'autre comme des ardoises, afin sans doute de ne pas charger cette frêle maison.

Par une matinée pluvieuse, au mois de mars, un jeune homme, soigneusement enveloppé dans son manteau, se tenait sous l'auvent de la boutique qui se trouvait en face de ce vieux logis, et paraissait l'examiner avec un enthousiasme d'archéologue. À la vérité, ce débris de la bourgeoisie du seizième siècle pouvait offrir à l'observateur plus d'un problème à résoudre. Chaque étage

33

avait sa singularité. Au premier, quatre fenêtres longues, étroites, rapprochées l'une de l'autre, avaient des carreaux de bois dans leur partie inférieure, afin de produire ce jour douteux, à la faveur duquel un habile marchand prête aux étoffes la couleur souhaitée par ses chalands. Le jeune homme semblait plein de dédain pour cette partie essentielle de la maison, ses yeux ne s'y étaient pas encore arrêtés. Les fenêtres du second étage, dont les jalousies relevées laissaient voir, au travers de grands carreaux en verre de Bohême, de petits rideaux de mousseline rousse, ne l'intéressaient pas davantage. Son attention se portait particulièrement au troisième, sur d'humbles croisées dont le bois travaillé grossièrement aurait mérité d'être placé au Conservatoire des arts et métiers pour y indiquer les premiers efforts de la menuiserie française. Ces croisées avaient de petites vitres d'une couleur si verte, que, sans son excellente vue, le jeune homme n'aurait pu apercevoir les rideaux de toile à carreaux bleus qui cachaient les mystères de cet appartement aux yeux des profanes. Parfois, cet observateur, ennuyé de sa contemplation sans résultat, ou du silence dans lequel la maison était ensevelie, ainsi que tout le quartier, abaissait ses regards vers les régions inférieures. Un sourire involontaire se dessinait alors sur ses lèvres, quand il revoyait la boutique où se rencontraient en effet des choses assez risibles. Une formidable pièce de bois, horizontalement appuyée sur quatre piliers qui paraissaient courbés par le poids de cette maison décrépite, avait été rechampie d'autant de couches de diverses peintures que la joue d'une vieille duchesse en a reçu de rouge. Au milieu de cette large poutre mignardement sculptée se trouvait un antique tableau représentant un chat qui pelotait. Cette toile causait la gaieté du jeune homme. Mais il faut dire que le plus spirituel des peintres modernes n'inventerait pas de charge si comique. L'animal tenait dans une de ses pattes de devant une raquette aussi grande que lui, et se dressait sur ses pattes de derrière pour mirer une énorme balle que lui renvoyait un gentilhomme en habit brodé. Dessin, couleurs, accessoires, tout était traité de manière à faire croire que l'artiste avait voulu se moquer du marchand et des passants. En altérant cette peinture naïve, le temps l'avait rendue encore plus grotesque par quelques incertitudes qui devaient inquiéter de consciencieux flâneurs. Ainsi la queue mouchetée du chat était découpée de telle sorte qu'on pouvait la prendre pour un spectateur, tant la queue des chats de nos ancêtres était grosse, haute et fournie. À droite du tableau, sur un champ d'azur qui déguisait imparfaitement la pourriture du bois, les passants lisaient GUILLAUME ; et à gauche, SUCCESSEUR DU SIEUR CHEVREL. Le soleil et la pluie avaient rongé la plus grande partie de l'or moulu parcimonieusement appliqué sur les lettres de cette inscription, dans laquelle les U remplaçaient les V, et réciproquement, selon les lois de notre ancienne orthographe. Afin de rabattre l'orgueil de ceux qui croient que le monde devient de jour en jour plus spirituel, et que le moderne charlatanisme surpasse tout, il convient de faire observer ici que ces enseignes, dont l'étymologie semble bizarre à plus d'un négociant parisien, sont les tableaux morts de vivants tableaux à l'aide desquels nos espiègles ancêtres avaient réussi à amener les chalands dans leurs maisons. Ainsi la Truie-qui-file, le Singe-vert, etc., furent des animaux en cage dont l'adresse émerveillait les passants, et dont l'éducation prouvait la patience de l'industriel au quinzième siècle. De semblables curiosités enrichissaient plus vite leurs heureux possesseurs que les Providence, les Bonne-foi, les Grâce-de-Dieu et les Décollation de saint Jean-Baptiste qui se voient encore rue Saint-Denis. Cependant l'inconnu ne restait certes pas là pour admirer ce chat, qu'un moment d'attention suffisait à graver dans la mémoire. Ce jeune homme avait aussi ses singularités. Son manteau, plissé dans le goût des draperies antiques, laissait voir une élégante chaussure, d'autant plus remarquable au milieu de la boue parisienne, qu'il portait des bas de soie blancs dont les mouchetures attestaient son impatience. Il sortait sans doute d'une noce ou d'un bal ; car à cette heure matinale il tenait à la main des gants blancs ; et les boucles de ses cheveux noirs défrisés, éparpillées sur ses épaules, indiquaient une coiffure à la

Caracalla, mise à la mode autant par l'école de David que par cet engouement pour les formes grecques et romaines qui marqua les premières années de ce siècle. Malgré le bruit que faisaient quelques maraîchers attardés passant au galop pour se rendre à la grande halle, cette rue si agitée avait alors un calme dont la magie n'est connue que de ceux qui ont erré dans Paris désert, à ces heures où son tapage, un moment apaisé, renaît et s'entend dans le lointain comme la grande voix de la mer. Cet étrange jeune homme devait être aussi curieux pour les commerçants du Chat-qui-pelote, que le Chat-qui-pelote l'était pour lui. Une cravate éblouissante de blancheur rendait sa figure tourmentée encore plus pâle qu'elle ne l'était réellement. Le feu tour à tour sombre et pétillant que jetaient ses yeux noirs s'harmoniait avec les contours bizarres de son visage, avec sa bouche large et sinueuse qui se contractait en souriant. Son front, ridé par une contrariété violente, avait quelque chose de fatal. Le front n'est-il pas ce qui se trouve de plus prophétique en l'homme ? Quand celui de l'inconnu exprimait la passion, les plis qui s'y formaient causaient une sorte d'effroi par la vigueur avec laquelle ils se prononçaient ; mais lorsqu'il reprenait son calme, si facile à troubler, il y respirait une grâce lumineuse qui rendait attrayante cette physionomie où la joie, la douleur, l'amour, la colère, le dédain éclataient d'une manière si communicative que l'homme le plus froid en devait être impressionné. Cet inconnu se dépitait si bien au moment où l'on ouvrit précipitamment la lucarne du grenier, qu'il n'y vit pas apparaître trois joyeuses figures rondelettes, blanches, roses, mais aussi communes que le sont les figures du Commerce sculptées sur certains monuments. Ces trois faces, encadrées par la lucarne, rappelaient les têtes d'anges bouffis semés dans les nuages qui accompagnent le Père éternel. Les apprentis respirèrent les émanations de la rue avec une avidité qui démontrait combien l'atmosphère de leur grenier était chaude et méphitique. Après avoir indiqué ce singulier factionnaire, le commis qui paraissait être le plus jovial disparut et revint en tenant à la main un instrument dont le métal inflexible a été récemment remplacé par un cuir souple ; puis tous prirent une expression malicieuse en regardant le badaud qu'ils aspergèrent d'une pluie fine et blanchâtre dont le parfum prouvait que les trois mentons venaient d'être rasés. Élevés sur la pointe de leurs pieds et réfugiés au fond de leur grenier pour jouir de la colère de leur victime, les commis cessèrent de rire en voyant l'insouciant dédain avec lequel le jeune homme secoua son manteau, et le profond mépris que peignit sa figure quand il leva les yeux sur la lucarne vide. En ce moment, une main blanche et délicate fit remonter vers l'imposte la partie inférieure d'une des grossières croisées du troisième étage, au moyen de ces coulisses dont le tourniquet laisse souvent tomber à l'improviste le lourd vitrage qu'il doit retenir. Le passant fut alors récompensé de sa longue attente. La figure d'une jeune fille, fraîche comme un de ces blancs calices qui fleurissent au sein des eaux, se montra couronnée d'une ruche en mousseline froissée qui donnait à sa tête un air d'innocence admirable. Quoique couverts d'une étoffe brune, son cou, ses épaules s'apercevaient, grâce à de légers interstices ménagés par les mouvements du sommeil. Aucune expression de contrainte n'altérait ni l'ingénuité de ce visage, ni le calme de ces yeux immortalisés par avance dans les sublimes compositions de Raphaël : c'était la même grâce, la même tranquillité de ces vierges devenues proverbiales. Il existait un charmant contraste produit par la jeunesse des joues de cette figure, sur laquelle le sommeil avait comme mis en relief une surabondance de vie, et par la vieillesse de cette fenêtre massive aux contours grossiers, dont l'appui était noir. Semblable à ces fleurs de jour qui n'ont pas encore au matin déplié leur tunique roulée par le froid des nuits, la jeune fille, à peine éveillée, laissa errer ses yeux bleus sur les toits voisins et regarda le ciel ; puis, par une sorte d'habitude, elle les baissa sur les sombres régions de la rue, où ils rencontrèrent aussitôt ceux de son adorateur. La coquetterie la fit sans doute souffrir d'être vue en déshabillé, elle se retira vivement en arrière, le tourniquet tout usé tourna, la croisée redescendit avec cette rapidité qui, de nos jours, a valu un nom odieux à cette naïve invention de nos ancêtres, et la vision disparut. Il semblait à ce jeune homme la plus brillante des étoiles du matin avait été soudain cachée par un nuage.

Pendant ces petits événements, les lourds volets intérieurs qui défendaient le léger vitrage de la boutique du Chat-qui-pelote avaient été enlevés comme par magie. La vieille porte à heurtoir fut repliée sur le mur intérieur de la maison par un serviteur vraisemblablement contemporain de l'enseigne, qui d'une main tremblante y attacha le morceau de drap carré sur lequel était brodé en soie jaune le nom de *Guillaume, successeur de Chevrel*. Il eût été difficile à plus d'un passant de deviner le genre de commerce de M. Guillaume. À travers les gros barreaux de fer qui protégeaient extérieurement sa boutique, à peine y apercevait-on des paquets enveloppés de toile brune aussi nombreux que des harengs quand ils traversent l'Océan. Malgré l'apparente simplicité de cette gothique façade, M. Guillaume était, de tous les marchands drapiers de Paris, celui dont les magasins se trouvaient toujours le mieux fournis, dont les relations avaient le plus d'étendue, et dont la probité commerciale était la plus exacte. Si quelques-uns de ses confrères avaient conclu des marchés avec le gouvernement sans avoir la quantité de drap voulue, il était toujours prêt à la leur livrer, quelque considérable que fût le nombre de pièces soumissionnées. Le rusé négociant connaissait mille manières de s'attribuer le plus fort bénéfice sans se trouver obligé, comme eux, de courir chez des protecteurs, y faire des bassesses ou de riches présents. Si les confrères ne pouvaient le payer qu'en excellentes traites un peu longues, il indiquait son notaire comme un homme accommodant, et savait encore tirer une seconde mouture du sac, grâce à cet expédient qui faisait dire proverbialement aux négociants de la rue Saint-Denis : « Dieu vous garde du notaire de M. Guillaume ! » pour désigner un escompte onéreux. Le vieux négociant se trouva debout comme par miracle, sur le seuil de sa boutique, au moment où le domestique se retira. M. Guillaume regarda la rue Saint-Denis, les boutiques voisines et le temps, comme un homme qui débarque au Havre et revoit la France après un long voyage. Bien convaincu que rien n'avait changé pendant son sommeil, il aperçut alors le passant en faction, qui, de son côté, contemplait le patriarche de la draperie, comme Humboldt dut examiner le premier gymnote électrique qu'il vit en Amérique. M. Guillaume portait de larges culottes de velours noir, des bas chinés et des souliers carrés à boucles d'argent. Son habit à pans carrés, à basques carrées, à collet carré, enveloppait son corps, légèrement voûté, d'un drap verdâtre garni de grands boutons en métal blanc mais rougis par l'usage. Ses cheveux gris étaient si exactement aplatis et peignés sur son crâne jaune, qu'ils le faisaient ressembler à un champ sillonné. Ses petits yeux verts, percés comme avec une vrille, flamboyaient sous deux arcs marqués d'une faible rougeur à défaut de sourcils. Les inquiétudes avaient tracé sur son front des rides horizontales aussi nombreuses que les plis de son habit. Cette figure blême annonçait la patience, la sagesse commerciale, et l'espèce de cupidité rusée que réclament les affaires. À cette époque on voyait moins rarement qu'aujourd'hui de ces vieilles familles où se conservaient, comme de précieuses traditions, les mœurs, les costumes caractéristiques de leurs professions, et restées au milieu de la civilisation nouvelle comme ces débris antédiluviens retrouvés par Cuvier dans les carrières. Le chef de la famille Guillaume était un de ces notables gardiens des anciens usages : on le surprenait à regretter le Prévôt des Marchands, et jamais il ne parlait d'un jugement du tribunal de commerce sans le nommer la *sentence des consuls*. C'était sans doute en vertu de ces coutumes que, levé le premier de sa maison, il attendait de pied ferme l'arrivée de ses trois commis, pour les gourmander en cas de retard. Ces jeunes disciples de Mercure ne connaissaient rien de plus redoutable que l'activité silencieuse avec laquelle le patron scrutait leurs visages et leurs mouvements, le lundi matin, en y recherchant les preuves ou les traces de leurs escapades. Mais, en ce moment, le vieux drapier ne fit aucune attention à ses apprentis. Il était occupé à chercher le motif de la sollicitude avec laquelle le jeune homme en bas de soie et en manteau portait alternativement les yeux sur son enseigne et sur les profondeurs de son magasin. Le jour, devenu plus éclatant, permettait d'y apercevoir le bureau grillagé, entouré de rideaux en vieille soie verte, où se tenaient les livres immenses, oracles muets de la maison. Le trop curieux étranger semblait convoiter ce petit local, y prendre le plan d'une salle à manger latérale, éclairée par un vitrage pratiqué dans le plafond, et d'où la famille réunie devait facilement voir, pendant ses repas, les plus légers accidents qui pouvaient arriver sur le seuil de la boutique. Un si grand amour pour son logis paraissait suspect à un négociant qui avait subi le régime de la Terreur. M. Guillaume pensait donc assez naturellement que cette figure sinistre en voulait à la caisse du Chat-qui-pelote. Après avoir discrètement joui du duel muet qui avait lieu entre son patron et l'inconnu, le plus âgé des commis hasarda de se placer sur la dalle où était M. Guillaume, en voyant le jeune homme contempler à la dérobée les croisées du troisième. Il fit deux pas dans la rue, leva la tête, et crut avoir aperçu Mlle Augustine Guillaume qui se retirait avec précipitation. Mécontent de la perspicacité de son premier commis, le drapier lui lança un regard de travers ; mais tout à coup les craintes mutuelles que la présence de ce passant excitait dans l'âme du marchand et de l'amoureux commis se calmèrent. L'inconnu héla un fiacre qui se rendait à une place voisine, et y monta rapidement en affectant une trompeuse indifférence. Ce départ mit un certain baume dans le cœur des autres commis, assez inquiets de retrouver la victime de leur plaisanterie.

— Hé bien, messieurs, qu'avez-vous donc à rester là, les bras croisés ? dit M. Guillaume à ses trois néophytes. Mais autrefois, sarpejeu ! quand j'étais chez le sieur Chevrel, j'avais déjà visité plus de deux pièces de drap.

— Il faisait donc jour de meilleure heure, dit le second commis que cette tâche concernait.

Le vieux négociant ne put s'empêcher de sourire. Quoique deux de ces trois jeunes gens, confiés à ses soins par leurs pères, riches manufacturiers de Louviers et de Sedan, n'eussent qu'à demander cent mille francs pour les avoir, le jour où ils seraient en âge de s'établir, Guillaume croyait de son devoir de les tenir sous la férule d'un antique despotisme inconnu de nos jours dans les brillants magasins modernes dont les commis veulent être riches à trente ans : il les faisait travailler comme des nègres. À eux trois, ces commis suffisaient à une besogne qui aurait mis sur les dents dix de ces employés dont le sybaritisme enfle aujourd'hui les colonnes du budget. Aucun bruit ne troublait la paix de cette maison solennelle, où les gonds semblaient toujours huilés, et dont le moindre meuble avait cette propreté respectable qui annonce un ordre et une économie sévères. Souvent, le plus espiègle des commis s'était amusé à écrire sur le fromage de Gruyère qu'on leur abandonnait au déjeuner, et qu'ils se plaisaient à respecter, la date de sa réception primitive. Cette malice et quelques autres semblables faisaient parfois sourire la plus jeune des deux filles de Guillaume, la jolie vierge qui venait d'apparaître au passant enchanté. Quoique chacun des apprentis, et même le plus ancien, payât une forte pension, aucun d'eux n'eût été assez hardi pour rester à la table du patron au moment où le dessert y était servi. Lorsque Mme Guillaume parlait d'accommoder la salade, ces pauvres jeunes gens tremblaient en songeant avec quelle parcimonie sa prudente main savait y épancher l'huile. Il ne fallait pas qu'ils s'avisassent de passer une nuit dehors, sans avoir donné longtemps à l'avance un motif plausible à cette irrégularité. Chaque dimanche, et à tour de rôle, deux commis accompagnaient la famille Guillaume à la messe de Saint-Leu et aux vêpres. Mlles Virginie et Augustine, modestement vêtues d'indienne, prenaient chacune le bras d'un commis et marchaient en avant, sous les yeux perçants de leur mère, qui fermait ce petit cortège domestique avec son mari accoutumé par elle à porter deux gros paroissiens reliés en maroquin noir. Le second commis n'avait pas d'appointements. Quant à celui que douze ans de persévérance et de discrétion initiaient aux secrets de la maison, il recevait huit cents francs en récompense de ses labeurs. À certaines fêtes de famille, il était gratifié de quelques cadeaux auxquels la main sèche et ridée de

Mme Guillaume donnait seule du prix : des bourses en filet, qu'elle avait soin d'emplir de coton pour faire valoir leurs dessins à jour ; des bretelles fortement conditionnées, ou des paires de bas de soie bien lourdes. Quelquefois, mais rarement, ce premier ministre était admis à partager les plaisirs de la famille soit quand elle allait à la campagne, soit quand après des mois d'attente elle se décidait à user de son droit à demander, en louant une loge, une pièce à laquelle Paris ne pensait plus. Quant aux deux autres commis, la barrière de respect qui séparait jadis un maître drapier de ses apprentis était placée si fortement entre eux et le vieux négociant, qu'il leur eût été plus facile de voler une pièce de drap que de déranger cette auguste étiquette. Cette réserve peut paraître ridicule aujourd'hui. Néanmoins, ces vieilles maisons étaient des écoles de mœurs et de probité. Les maîtres adoptaient leurs apprentis. Le linge d'un jeune homme était soigné, réparé, quelquefois renouvelé par la maîtresse de la maison. Un commis tombait-il malade, il devenait l'objet de soins vraiment maternels. En cas de danger, le patron prodiguait son argent pour appeler les plus célèbres docteurs ; car il ne répondait pas seulement des mœurs et du savoir de ces jeunes gens à leurs parents. Si l'un d'eux, honorable par le caractère, éprouvait quelque désastre, ces vieux négociants savaient apprécier l'intelligence qu'ils avaient développée, et n'hésitaient pas à confier le bonheur de leurs filles à celui auquel ils avaient pendant longtemps confié leurs fortunes. Guillaume était un de ces hommes antiques ; et s'il en avait les ridicules, il en avait toutes les qualités. Aussi Joseph Lebas, son premier commis, orphelin et sans fortune, était-il, dans son idée, le futur époux de Virginie sa fille aînée. Mais Joseph ne partageait point les pensées symétriques de son patron, qui, pour un empire, n'aurait pas marié sa seconde fille avant la première. L'infortuné commis se sentait le cœur entièrement pris pour Mlle Augustine la cadette. Afin de justifier cette passion, qui avait grandi secrètement, il est nécessaire de pénétrer plus avant dans les ressorts du gouvernement absolu qui régissait la maison du vieux marchand drapier.

Guillaume avait deux filles. L'aînée, Mlle Virginie, était tout le portrait de sa mère. Mme Guillaume, fille du sieur Chevrel, se tenait si droite sur la banquette de son comptoir, que plus d'une fois elle avait entendu des plaisants parier qu'elle y était empalée. Sa figure maigre et longue trahissait une dévotion outrée. Sans grâces et sans manières aimables, Mme Guillaume ornait habituellement sa tête presque sexagénaire d'un bonnet dont la forme était invariable et garni de barbes comme celui d'une veuve. Tout le voisinage l'appelait la sœur tourière. Sa parole était brève, et ses gestes avaient quelque chose des mouvements saccadés d'un télégraphe. Son œil, clair comme celui d'un chat, semblait en vouloir à tout le monde de ce qu'elle était laide. Mlle Virginie, élevée comme sa jeune sœur sous les lois despotiques de leur mère, avait atteint l'âge de vingt-huit ans. La jeunesse atténuait l'air disgracieux que sa ressemblance avec sa mère donnait parfois à sa figure ; mais la rigueur maternelle l'avait dotée de deux grandes qualités qui pouvaient tout contrebalancer : elle était douce et patiente. Mlle Augustine, à peine âgée de dix-huit ans, ne ressemblait ni à son père ni à sa mère. Elle était de ces filles qui, par l'absence de tout lien physique avec leurs parents, font croire à ce dicton de prude : Dieu donne les enfants. Augustine était petite, ou, pour la mieux peindre, mignonne. Gracieuse et pleine de candeur, un homme du monde n'aurait pu reprocher à cette charmante créature que des gestes mesquins ou certaines attitudes communes, et parfois de la gêne. Sa figure silencieuse et immobile respirait cette mélancolie passagère qui s'empare de toutes les jeunes filles trop faibles pour oser résister aux volontés d'une mère. Toujours modestement vêtues, les deux sœurs ne pouvaient satisfaire la coquetterie innée chez la femme que par un luxe de propreté qui leur allait à merveille et les mettait en harmonie avec ces comptoirs luisants, avec ces rayons sur lesquels le vieux domestique ne souffrait pas un grain de poussière, avec la simplicité antique de tout ce qui se voyait autour d'elles. Obligées par leur genre de vie à chercher des éléments de bonheur dans des travaux obstinés, Augustine et Virginie n'avaient donné jusqu'alors que du contentement à leur mère, qui s'applaudissait secrètement de la perfection du caractère de ses deux filles. Il est facile d'imaginer les résultats de l'éducation qu'elles avaient reçue. Élevées pour le commerce, habituées à n'entendre que des raisonnements et des calculs tristement mercantiles, n'ayant étudié que la grammaire, la tenue des livres, un peu d'histoire juive, l'histoire de France dans Le Ragois, et ne lisant que les auteurs dont la lecture leur était permise par leur mère, leurs idées n'avaient pas pris beaucoup d'étendue : elles savaient parfaitement tenir un ménage, elles connaissaient le prix des choses, elles appréciaient les difficultés que l'on éprouve à amasser l'argent, elles étaient économes et portaient un grand respect aux qualités du négociant. Malgré la fortune de leur père, elles étaient aussi habiles à faire des reprises qu'à festonner ; souvent leur mère parlait de leur apprendre la cuisine afin qu'elles sussent bien ordonner un dîner, et pussent gronder une cuisinière en connaissance de cause. Ignorant les plaisirs du monde et voyant comment s'écoulait la vie exemplaire de leurs parents, elles ne jetaient que bien rarement leurs regards au-delà de l'enceinte de cette vieille maison patrimoniale qui, pour leur mère, était l'univers. Les réunions occasionnées par les solennités de famille formaient tout l'avenir de leurs joies terrestres. Quand le grand salon situé au second étage devait recevoir Mme Roguin, une demoiselle Chevrel, de quinze ans moins âgée que sa cousine et qui portait des diamants ; le jeune Rabourdin, sous-chef aux Finances ; M. César Birotteau, riche parfumeur, et sa femme appelée Mme César ; M. Camusot, le plus riche négociant en soieries de la rue des Bourdonnais, et son beau-père M. Cardot ; deux ou trois vieux banquiers, et des femmes irréprochables ; les apprêts nécessités par la manière dont l'argenterie, les porcelaines de Saxe, les bougies, les cristaux étaient empaquetés faisaient une diversion à la vie monotone de ces trois femmes qui allaient et venaient, en se donnant autant de mouvement que des religieuses pour la réception d'un évêque. Puis quand, le soir, fatiguées toutes trois d'avoir essuyé, frotté, déballé, mis en place les ornements de la fête, les deux

44

jeunes filles aidaient leur mère à se coucher, Mme Guillaume leur disait : « Nous n'avons rien fait aujourd'hui, mes enfants ! » Lorsque, dans ces assemblées solennelles, la sœur tourière permettait de danser en confinant les parties de boston, de whist et de trictrac dans sa chambre à coucher, cette concession était comptée parmi les félicités les plus inespérées, et causait un bonheur égal à celui d'aller à deux ou trois grands bals où Guillaume menait ses filles à l'époque du carnaval. Enfin, une fois par an, l'honnête drapier donnait une fête pour laquelle rien n'était épargné. Quelque riches et élégantes que fussent les personnes invitées, elles se gardaient bien d'y manquer ; car les maisons les plus considérables de la place avaient recours à l'immense crédit, à la fortune ou à la vieille expérience de M. Guillaume. Mais les deux filles de ce digne négociant ne profitaient pas autant qu'on pourrait le supposer des enseignements que le monde offre à de jeunes âmes. Elles apportaient dans ces réunions, inscrites d'ailleurs sur le carnet d'échéances de la maison, des parures dont la mesquinerie les faisait rougir. Leur manière de danser n'avait rien de remarquable, et la surveillance maternelle ne leur permettait pas de soutenir la conversation autrement que par Oui et Non avec leurs cavaliers. Puis la loi de la vieille enseigne du Chat-qui-pelote leur ordonnait d'être rentrées à onze heures, moment où les bals et les fêtes commencent à s'animer. Ainsi leurs plaisirs, en apparence assez conformes à la fortune de leur père, devenaient souvent insipides par des circonstances qui tenaient aux habitudes et aux principes de cette famille. Quant à leur vie habituelle, une seule observation achèvera de la peindre. Mme Guillaume exigeait que ses deux filles fussent habillées de grand matin, qu'elles descendissent tous les jours à la même heure, et soumettait leurs occupations à une régularité monastique. Cependant Augustine avait reçu du hasard une âme assez élevée pour sentir le vide de cette existence. Parfois ses yeux bleus se relevaient comme pour interroger les profondeurs de cet escalier sombre et de ces magasins humides. Après avoir sondé ce silence de cloître, elle semblait écouter de loin de confuses révélations de cette vie passionnée qui met les sentiments à un plus haut prix que les choses. En ces moments son visage se colorait, ses mains inactives laissaient tomber la blanche mousseline sur le chêne poli du comptoir, et bientôt sa mère lui disait d'une voix qui restait toujours aigre même dans les tons les plus doux : « Augustine ! À quoi pensez-vous donc, mon bijou ? » Peut-être *Hippolyte comte de Douglas* et *Le Comte de Comminges*, deux romans trouvés par Augustine dans l'armoire d'une cuisinière récemment renvoyée par Mme Guillaume, contribuèrent-ils à développer les idées de cette jeune fille qui les avait furtivement dévorés pendant les longues nuits de l'hiver précédent. Les expressions de désir vague, la voix douce, la peau de jasmin et les yeux bleus d'Augustine avaient donc allumé dans l'âme du pauvre Lebas un amour aussi violent que respectueux. Par un caprice facile à comprendre, Augustine ne se sentait aucun goût pour l'orphelin : peut-être était-ce parce qu'elle ne se savait pas aimée par lui. En revanche, les longues jambes, les cheveux châtains, les grosses mains et l'encolure vigoureuse du premier commis avaient trouvé une secrète admiratrice dans Mlle Virginie, qui, malgré ses cinquante mille écus de dot, n'était demandée en mariage par personne. Rien de plus naturel que ces deux passions inverses nées dans le silence de ces comptoirs obscurs comme fleurissent des violettes dans la profondeur d'un bois. La muette et constante contemplation qui réunissait les yeux de ces jeunes gens par un besoin violent de distraction au milieu de travaux obstinés et d'une paix religieuse devait tôt ou tard exciter des sentiments d'amour. L'habitude de voir une figure y fait découvrir insensiblement les qualités de l'âme, et finit par en effacer les défauts.

— Au train dont y va cet homme, nos filles ne tarderont pas à se mettre à genoux devant un prétendu ! se dit M. Guillaume en lisant le premier décret par lequel Napoléon anticipa sur les classes de conscrits.

Dès ce jour, désespéré de voir sa fille aînée se faner, le vieux marchand se souvint d'avoir épousé Mlle Chevrel à peu près dans la situation où se trouvaient Joseph

Lebas et Virginie. Quelle belle affaire que de marier sa fille et d'acquitter une dette sacrée, en rendant à un orphelin le bienfait qu'il avait reçu jadis de son prédécesseur dans les mêmes circonstances ! Âgé de trente-trois ans, Joseph Lebas pensait aux obstacles que quinze ans de différence mettaient entre Augustine et lui. Trop perspicace d'ailleurs pour ne pas deviner les desseins de M. Guillaume, il en connaissait assez les principes inexorables pour savoir que jamais la cadette ne se marierait avant l'aînée. Le pauvre commis, dont le cœur était aussi excellent que ses jambes étaient longues et son buste épais, souffrait donc en silence.

Tel était l'état des choses dans cette petite république, qui, au milieu de la rue Saint-Denis, ressemblait assez à une succursale de la Trappe. Mais pour rendre un compte exact des événements extérieurs comme des sentiments, il est nécessaire de remonter à quelques mois avant la scène par laquelle commence cette histoire. À la nuit tombante, un jeune homme passant devant l'obscure boutique du Chat-qui-pelote y était resté un moment en contemplation à l'aspect d'un tableau qui aurait arrêté tous les peintres du monde. Le magasin, n'étant pas encore éclairé, formait un plan noir au fond duquel se voyait la salle à manger du marchand. Une lampe astrale y répandait ce jour jaune qui donne tant de grâce aux tableaux de l'école hollandaise. Le linge blanc, l'argenterie, les cristaux formaient de brillants accessoires qu'embellissaient encore de vives oppositions entre l'ombre et la lumière. La figure du père de famille et celle de sa femme, les visages des commis et les formes pures d'Augustine, à deux pas de laquelle se tenait une grosse fille joufflue, composaient un groupe si curieux ; ces têtes étaient si originales, et chaque caractère avait une expression si franche ; on devinait si bien la paix, le silence et la modeste vie de cette famille, que, pour un artiste accoutumé à exprimer la nature, il y avait quelque chose de désespérant à vouloir rendre cette scène fortuite. Ce passant était un jeune peintre, qui, sept ans auparavant, avait remporté le grand prix de peinture. Il revenait de Rome. Son âme nourrie de poésie, ses yeux rassasiés de Raphaël et de Michel-Ange, avaient soif de la nature vraie, après une longue habitation du pays pompeux où l'art a jeté partout son grandiose. Faux ou juste, tel était son sentiment personnel. Abandonné longtemps à la fougue des passions italiennes, son cœur demandait une de ces vierges modestes et recueillies que, malheureusement, il n'avait su trouver qu'en peinture à Rome. De l'enthousiasme imprimé à son âme exaltée par le tableau naturel qu'il contemplait, il passa naturellement à une profonde admiration pour la figure principale : Augustine paraissait pensive et ne mangeait point ; par une disposition de la lampe dont la lumière tombait entièrement sur son visage, son buste semblait se mouvoir dans un cercle de feu qui détachait plus vivement les contours de sa tête et l'illuminait d'une manière quasi surnaturelle. L'artiste la compara involontairement à un ange exilé qui se souvient du ciel. Une sensation presque inconnue, un amour limpide et bouillonnant inonda son cœur. Après être demeuré pendant un moment comme écrasé sous le poids de ses idées, il s'arracha à son bonheur, rentra chez lui, ne mangea pas, ne dormit point. Le lendemain, il entra dans son atelier pour n'en sortir qu'après avoir déposé sur une toile la magie de cette scène dont le souvenir l'avait en quelque sorte fanatisé. Sa félicité fut incomplète tant qu'il ne posséda pas un fidèle portrait de son idole. Il passa plusieurs fois devant la maison du Chat-qui-pelote ; il osa même y entrer une ou deux fois sous le masque d'un déguisement, afin de voir de plus près la ravissante créature que Mme Guillaume couvrait de son aile. Pendant huit mois entiers, adonné à son amour, à ses pinceaux, il resta invisible pour ses amis les plus intimes, oubliant le monde, la poésie, le théâtre, la musique, et ses plus chères habitudes. Un matin, Girodet força toutes ces consignes que les artistes connaissent et savent éluder, parvint à lui et le réveilla par cette demande : « Que mettras-tu au Salon ? » L'artiste saisit la main de son ami, l'entraîne à son atelier, découvre un petit tableau de chevalet et un portrait. Après une lente et avide contemplation des deux chefs-d'œuvre, Girodet saute au cou de son camarade et l'embrasse, sans trouver de paroles. Ses émotions ne pouvaient se rendre que comme il les sentait, d'âme à âme.

— Tu es amoureux ? dit Girodet.

Tous deux savaient que les plus beaux portraits de Titien, de Raphaël et de Léonard de Vinci sont dus à des sentiments exaltés, qui, sous diverses conditions, engendrent d'ailleurs tous les chefs-d'œuvre. Pour toute réponse, le jeune artiste inclina la tête.

— Es-tu heureux de pouvoir être amoureux ici, en revenant d'Italie ! Je ne te conseille pas de mettre de telles œuvres au Salon, ajouta le grand peintre. Vois-tu, ces deux tableaux n'y seraient pas sentis. Ces couleurs vraies, ce travail prodigieux ne peuvent pas encore être appréciés, le public n'est plus accoutumé à tant de profondeur. Les tableaux que nous peignons, mon bon ami, sont des écrans, des paravents. Tiens, faisons plutôt des vers, et traduisons les Anciens ! Il y a plus de gloire à en attendre, que de nos malheureuses toiles.

Malgré cet avis charitable, les deux toiles furent exposées. La scène d'intérieur fit une révolution dans la peinture. Elle donna naissance à ces tableaux de genre dont la prodigieuse quantité importée à toutes nos expositions pourrait faire croire qu'ils s'obtiennent par des procédés purement mécaniques. Quant au portrait, il est peu d'artistes qui ne gardent le souvenir de cette toile vivante à laquelle le public, quelquefois juste en masse, laissa la couronne que Girodet y plaça lui-même. Les deux tableaux furent entourés d'une foule immense. On s'y tua, comme disent les femmes. Des spéculateurs, des grands seigneurs couvrirent ces deux toiles de doubles napoléons, l'artiste refusa obstinément de les vendre, et refusa d'en faire des copies. On lui offrit une somme énorme pour les laisser graver, les marchands ne furent pas plus heureux que ne l'avaient été les amateurs. Quoique cette aventure fît du bruit dans le monde, elle n'était pas de nature à parvenir au fond de la petite Thébaïde de la rue Saint-Denis. Néanmoins, en venant faire une visite à Mme Guillaume, la femme du notaire parla de l'exposition devant Augustine, qu'elle aimait beaucoup, et lui en expliqua le but. Le babil de Mme Roguin inspira naturellement à Augustine le désir de voir les tableaux, et la hardiesse de demander secrètement à sa cousine de l'accompagner au Louvre. La cousine réussit dans la négociation qu'elle entama auprès de Mme Guillaume, pour obtenir la permission d'arracher sa petite cousine à ses tristes travaux pendant environ deux heures. La jeune fille pénétra donc, à travers la foule, jusqu'au tableau couronné. Un frisson la fit trembler comme une feuille de bouleau, quand elle se reconnut. Elle eut peur et regarda autour d'elle pour rejoindre Mme Roguin, de qui elle avait été séparée par un flot de monde. En ce moment ses yeux effrayés rencontrèrent la figure enflammée du jeune peintre. Elle se rappela tout à coup la physionomie d'un promeneur que, curieuse, elle avait souvent remarqué, en croyant que c'était un nouveau voisin.

— Vous voyez ce que l'amour m'a fait faire, dit l'artiste à l'oreille de la timide créature qui resta tout épouvantée de ces paroles.

Elle trouva un courage surnaturel pour fendre la presse, et pour rejoindre sa cousine encore occupée à percer la masse du monde qui l'empêchait d'arriver jusqu'au tableau.

— Vous seriez étouffée, s'écria Augustine, partons !

Mais il se rencontre, au Salon, certains moments pendant lesquels deux femmes ne sont pas toujours libres de diriger leurs pas dans les galeries. Mlle Guillaume et sa cousine furent poussées à quelques pas du second tableau, par suite des mouvements irréguliers que la foule leur imprima. Le hasard voulut qu'elles eussent la facilité d'approcher ensemble de la toile illustrée par la mode, d'accord cette fois avec le talent. La femme du notaire fit une exclamation de surprise perdue dans le brouhaha et les bourdonnements de la foule ; mais Augustine pleura involontairement à l'aspect de cette merveilleuse scène. Puis, par un sentiment presque inexplicable, elle mit un doigt sur ses lèvres en apercevant à deux pas d'elle la figure extatique du jeune artiste. L'inconnu répondit par un signe de tête et désigna Mme Roguin, comme un trouble-fête, afin de montrer à Augustine qu'elle était comprise. Cette pantomime jeta comme un brasier dans le corps de la pauvre fille qui se trouva criminelle, en se figurant qu'il venait de se conclure un pacte entre elle et l'artiste. Une chaleur étouffante, le continuel aspect des plus brillantes toilettes, et l'étourdissement que produisait sur Augustine la variété des couleurs, la multitude des figures vivantes ou peintes, la profusion des cadres d'or, lui firent éprouver une espèce d'enivrement qui redoubla ses craintes. Elle se serait peut-être évanouie, si, malgré ce chaos de sensations, il ne s'était élevé au fond de son cœur une jouissance inconnue qui vivifia tout son être. Néanmoins, elle se crut sous l'empire de ce démon dont les terribles pièges lui étaient prédits par la voix tonnante des prédicateurs. Ce moment fut pour elle comme un moment de folie. Elle se vit accompagnée jusqu'à la voiture de sa cousine par ce jeune homme resplendissant de bonheur et d'amour. En proie à une irritation toute nouvelle, à une ivresse qui la livrait en quelque sorte à la nature, Augustine écouta la voix éloquente de son cœur, et regarda plusieurs fois le jeune peintre en laissant paraître le trouble dont elle était saisie. Jamais l'incarnat de ses joues n'avait formé de plus vigoureux contrastes avec la blancheur de sa peau. L'artiste aperçut alors cette beauté dans toute sa fleur, cette pudeur dans toute sa gloire. Augustine éprouva une sorte de joie mêlée de terreur, en pensant que sa présence causait la félicité de celui dont le nom était sur toutes les lèvres, dont le talent donnait l'immortalité à de passagères images. Elle était aimée ! Il lui était impossible d'en douter. Quand elle ne vit plus l'artiste, elle entendit encore retentir dans son cœur ces paroles simples : « Vous voyez ce que l'amour m'a fait faire. » Et les palpitations devenues plus profondes lui semblèrent une douleur, tant son sang plus ardent réveilla dans son corps de puissances inconnues. Elle feignit d'avoir un grand mal de tête pour éviter de répondre aux questions de sa cousine relativement aux tableaux ; mais, au retour, Mme Roguin ne put s'empêcher de parler à Mme Guillaume de la célébrité obtenue par le Chat-qui-pelote, et Augustine trembla de tous ses membres en entendant dire à sa mère qu'elle irait au Salon pour y voir sa maison. La jeune fille insista de nouveau sur sa souffrance, et obtint la permission d'aller se coucher.

— Voilà ce qu'on gagne à tous ces spectacles, s'écria M. Guillaume, des maux de tête. Est-ce donc bien amusant de voir en peinture ce qu'on rencontre tous les jours dans notre rue ? Ne me parlez pas de ces artistes qui sont, comme vos auteurs, des meurt-de-faim. Que diable ont-ils besoin de prendre ma maison pour la vilipender dans leurs tableaux ?

— Cela pourra nous faire vendre quelques aunes de drap de plus, dit Joseph Lebas.

Cette observation n'empêcha pas que les arts et la pensée ne fussent condamnés encore une fois au tribunal du Négoce. Comme on doit bien le penser, ces discours ne donnèrent pas grand espoir à Augustine. Elle eut toute la nuit pour se livrer à la première méditation de l'amour. Les événements de cette journée furent comme un songe qu'elle se plut à reproduire dans sa pensée Elle s'initia aux craintes, aux espérances, aux remords, à toutes ces ondulations de sentiment qui devaient bercer un cœur simple et timide comme le sien. Quel vide elle reconnut dans cette noire maison, et quel trésor elle trouva dans son âme ! Être la femme d'un homme de talent, partager sa gloire ! Quels ravages cette idée ne devait-elle pas faire au cœur d'une enfant élevée au sein de cette famille ! Quelle espérance ne devait-elle pas éveiller chez une jeune personne qui, nourrie jusqu'alors de principes vulgaires, avait désiré une vie élégante ! Un rayon de soleil était tombé dans cette prison. Augustine aima tout à coup. En elle tant de sentiments étaient flattés à la fois, qu'elle succomba sans rien calculer. À dix-huit ans, l'amour ne jette-t-il pas son prisme entre le monde et les yeux d'une jeune fille ! Incapable de deviner les rudes chocs qui résultent de l'alliance d'une femme aimante avec un homme d'imagination, elle crut être appelée à faire le bonheur de celui-ci, sans apercevoir aucune disparate entre elle et lui. Pour elle le présent fut tout l'avenir. Quand le lendemain son père et sa mère revinrent du Salon, leurs figures attristées annoncèrent quelque désappointement. D'abord, les deux tableaux avaient été retirés par le peintre ; puis, Mme Guillaume avait perdu son châle de cachemire. Apprendre que les tableaux venaient de disparaître après sa visite au Salon fut pour Augustine la révélation d'une délicatesse de sentiment que les femmes savent toujours apprécier, même instinctivement.

Le matin où, rentrant d'un bal, Théodore de Sommervieux, tel était le nom que la renommée avait apporté dans le cœur d'Augustine, fut aspergé par les commis du Chat-qui-pelote pendant qu'il attendait l'apparition de sa naïve amie, qui ne le savait certes pas là, les deux amants se voyaient pour la quatrième fois seulement depuis la scène du Salon. Les obstacles que le régime de la maison Guillaume opposait au caractère fougueux de l'artiste donnaient à sa passion pour Augustine une violence facile à concevoir. Comment aborder une jeune fille assise dans un comptoir entre deux femmes telles que Mlle Virginie et Mme Guillaume ? Comment correspondre avec elle, quand sa mère ne la quittait jamais ? Habile, comme tous les amants, à se forger des malheurs, Théodore se créait un rival dans l'un des commis, et mettait les autres dans les intérêts de son rival. S'il échappait à tant d'Argus, il se voyait échouant sous les yeux sévères du vieux négociant ou de Mme Guillaume. Partout des barrières, partout le désespoir ! La violence même de sa passion empêchait le jeune peintre de trouver ces expédients ingénieux qui, chez les prisonniers comme chez les amants, semblent être le dernier effort de la raison échauffée par un sauvage besoin de liberté ou par le feu de l'amour. Théodore tournait alors dans le quartier avec l'activité d'un fou, comme si le mouvement pouvait lui suggérer des ruses. Après s'être bien tourmenté l'imagination, il inventa de gagner à prix d'or la servante joufflue. Quelques lettres furent donc échangées de loin en loin pendant la quinzaine qui suivit la malencontreuse matinée où M. Guillaume et Théodore s'étaient si bien examinés.

En ce moment, les deux jeunes gens étaient convenus de se voir à une certaine heure du jour et le dimanche, à Saint-Leu, pendant la messe et les vêpres. Augustine avait envoyé à son cher Théodore la liste des parents et des amis de la famille, chez lesquels le jeune peintre tâcha d'avoir accès afin d'intéresser à ses amoureuses pensées, s'il était possible, une de ces âmes occupées d'argent, de commerce, et auxquelles une passion véritable devait sembler la spéculation la plus monstrueuse, une spéculation inouïe. D'ailleurs, rien ne changea dans les habitudes du Chat-qui-pelote. Si Augustine fut distraite, si, contre toute espèce d'obéissance aux lois de la charte domestique, elle monta à sa chambre pour y aller, grâce à un pot de fleurs, établir des signaux ; si elle soupira, si elle pensa enfin, personne, pas même sa mère, ne s'en aperçut. Cette circonstance causera quelque surprise à ceux qui auront compris l'esprit de cette maison, où une pensée entachée de poésie devait produire un contraste avec les êtres et les choses, où personne ne pouvait se permettre ni un geste, ni un regard qui ne fussent vus et analysés. Cependant rien de plus naturel : le vaisseau si tranquille qui naviguait sur la mer orageuse de la place de Paris, sous le pavillon du Chat-qui-pelote, était la proie d'une de ces tempêtes qu'on pourrait nommer équinoxiales à cause de leur retour périodique. Depuis quinze jours, les quatre hommes de l'équipage, Mme Guillaume et Mlle Virginie s'adonnaient à ce travail excessif désigné sous le nom d'*inventaire*. On remuait tous les ballots et l'on vérifiait l'aunage des pièces pour s'assurer de la valeur exacte du coupon. On examinait soigneusement la carte appendue au paquet pour reconnaître en quel temps les draps avaient été achetés. On fixait le prix actuel. Toujours debout, son aune à la main, la plume derrière l'oreille, M. Guillaume ressemblait à un capitaine commandant la manœuvre. Sa voix aiguë, passant par un judas pour interroger la profondeur des écoutilles du magasin d'en bas, faisait entendre ces barbares locutions du commerce, qui ne s'exprime que par énigmes : « Combien d'H-N-Z ? — Enlevé. — Que reste-t-il de Q-X ? — Deux aunes. — Quel prix ? — Cinq-cinq-trois. — Portez à trois A tout J-J, tout M-P, et le reste de V-D-O. » Mille autres phrases tout aussi intelligibles ronflaient à travers les comptoirs comme des vers de la poésie moderne que des romantiques se seraient cités afin d'entretenir leur enthousiasme pour un de leurs poètes. Le soir, Guillaume, enfermé avec son commis et sa femme, soldait les comptes, portait à nouveau, écrivait aux retardataires, et dressait des factures. Tous trois préparaient ce travail immense dont le résultat tenait sur un carré de papier tellière, et prouvait à la maison Guillaume qu'il existait tant en argent, tant en marchandises, tant en traites et billets ; qu'elle ne devait pas un sou, qu'il lui était dû cent ou deux cent mille francs ; que le capital avait augmenté ; que les fermes, les maisons, les rentes allaient être ou arrondies, ou réparées, ou doublées. De là résultait la nécessité de recommencer avec plus d'ardeur que jamais à ramasser de nouveaux écus, sans qu'il vînt en tête à ces courageuses fourmis de se demander : À quoi bon ?

À la faveur de ce tumulte annuel, l'heureuse Augustine échappait à l'investigation de ses Argus. Enfin, un samedi soir, la clôture de l'inventaire eut lieu. Les chiffres du total actif offrirent assez de zéros pour qu'en cette circonstance Guillaume levât la consigne sévère qui régnait toute l'année au dessert. Le sournois drapier se frotta les mains, et permit à ses commis de rester à sa table. À peine chacun des hommes de l'équipage achevait-il son petit verre d'une liqueur de ménage, on entendit le roulement d'une voiture. La famille alla voir *Cendrillon* aux Variétés, tandis que les deux derniers commis reçurent chacun un écu de six francs et la permission d'aller où bon leur semblerait, pourvu qu'ils fussent rentrés à minuit. Malgré cette débauche, le dimanche matin, le vieux marchand drapier fit sa barbe dès six heures, endossa son habit marron dont les superbes reflets lui causaient toujours le même contentement, il attacha des boucles d'or aux oreilles de son ample culotte de soie ; puis, vers sept heures, au moment où tout dormait encore dans la maison, il se dirigea vers le petit cabinet attenant à son magasin du premier étage. Le jour y venait d'une croisée armée de gros barreaux de fer, et qui donnait sur une petite cour carrée formée de murs si noirs qu'elle ressemblait assez à un puits. Le vieux négociant ouvrit lui-même ces volets garnis de tôle qu'il connaissait si bien, et releva une moitié du vitrage en le faisant glisser dans sa coulisse. L'air glacé de la cour vint rafraîchir la chaude atmosphère de ce cabinet, qui exhalait l'odeur particulière aux bureaux. Le marchand resta debout, la main posée sur le bras crasseux d'un fauteuil de canne doublé de maroquin dont la couleur primitive était effacée, il semblait hésiter à s'y asseoir. Il regarda d'un air attendri le bureau à double pupitre, où la place de sa femme se trouvait ménagée, dans le côté opposé à la sienne, par une petite arcade pratiquée dans le mur. Il contempla les cartons numérotés, les ficelles, les ustensiles, les fers à marquer le drap, la caisse, objets d'une origine immémoriale, et crut se revoir devant l'ombre évoquée du sieur Chevrel. Il avança le même tabouret sur lequel il s'était jadis assis en présence de son défunt patron. Ce tabouret garni de cuir noir, et dont le crin s'échappait depuis longtemps par les coins, mais sans se perdre, il le plaça d'une main tremblante au même endroit où son prédécesseur l'avait mis ; puis, dans une agitation difficile à décrire, il tira la sonnette qui correspondait au chevet du lit de Joseph Lebas. Quand ce coup décisif eut été frappé, le vieillard, pour qui ces souvenirs furent sans doute trop lourds, prit trois ou quatre lettres de change qui lui avaient été présentées, et les regarda sans les voir, quand Joseph Lebas se montra soudain.

— Asseyez-vous là, lui dit Guillaume en lui désignant le tabouret.

Comme jamais le vieux maître drapier n'avait fait asseoir son commis devant lui, Joseph Lebas tressaillit.

— Que pensez-vous de ces traites ? demanda Guillaume.

— Elles ne seront pas payées.

— Comment ?

— Mais j'ai su qu'avant-hier Étienne et compagnie ont fait leurs paiements en or.

— Oh ! oh ! s'écria le drapier, il faut être bien malade pour laisser voir sa bile. Parlons d'autre chose. Joseph, l'inventaire est fini.

— Oui, monsieur, et le dividende est un des plus beaux que vous ayez eus.

— Ne vous servez donc pas de ces nouveaux mots ! Dites le produit, Joseph. Savez-vous, mon garçon, que c'est un peu à vous que nous devons ces résultats ? Aussi, ne veux-je plus que vous ayez d'appointements. Mme Guillaume m'a donné l'idée de vous offrir un intérêt. Hein, Joseph ! Guillaume et Lebas, ces mots ne feraient-ils pas une belle raison sociale ? On pourrait mettre *et compagnie* pour arrondir la signature.

Les larmes vinrent aux yeux de Joseph Lebas, qui s'efforça de les cacher.

— Ah, monsieur Guillaume ! Comment ai-je pu mériter tant de bontés ? Je n'ai fait que mon devoir. C'était déjà tant que de vous intéresser à un pauvre orph…

Il brossait le parement de sa manche gauche avec la manche droite, et n'osait regarder le vieillard qui souriait en pensant que ce modeste jeune homme avait sans doute besoin, comme lui autrefois, d'être encouragé pour rendre l'explication complète.

— Cependant, reprit le père de Virginie, vous ne méritez pas beaucoup cette faveur, Joseph ! Vous ne mettez pas en moi autant de confiance que j'en mets en vous. (Le commis releva brusquement la tête.) Vous avez le secret de la caisse. Depuis deux ans je vous ai dit presque toutes mes affaires. Je vous ai fait voyager en fabrique. Enfin, pour vous, je n'ai rien sur le cœur. Mais vous ?… vous avez une inclination, et ne m'en avez pas touché un seul mot. (Joseph Lebas rougit.) Ah ! ah ! s'écria Guillaume, vous pensiez donc tromper un vieux renard comme moi ? Moi ! À qui vous avez vu deviner la faillite Lecoq !

— Comment, monsieur ? répondit Joseph Lebas en examinant son patron avec autant d'attention que son patron l'examinait, comment, vous sauriez qui j'aime ?

— Je sais tout, vaurien, lui dit le respectable et rusé marchand en lui tordant le bout de l'oreille. Et je pardonne, j'ai fait de même.

— Et vous me l'accorderiez ?

— Oui, avec cinquante mille écus, et je t'en laisserai autant, et nous marcherons sur nouveaux frais avec une nouvelle raison sociale. Nous brasserons encore des affaires, garçon, s'écria le vieux marchand en s'exaltant, se levant et agitant ses bras. Vois-tu, mon gendre, il n'y a que le commerce ! Ceux qui se demandent quels plaisirs on y trouve sont des imbéciles. Être à la piste des affaires, savoir gouverner sur la place, attendre avec anxiété, comme au jeu, si les Étienne et compagnie font faillite, voir passer un régiment de la garde impériale habillé de notre drap, donner un croc-en-jambe au voisin, loyalement s'entend ! Fabriquer à meilleur marché que les autres ; suivre une affaire qu'on ébauche, qui commence, grandit, chancelle et réussit, connaître comme un ministre de la police tous les ressorts des maisons de commerce pour ne pas faire fausse route ; se tenir debout devant les naufrages ; avoir des amis, par correspondance, dans toutes les villes manufacturières, n'est-ce pas un jeu perpétuel, Joseph ? Mais c'est vivre, ça ! Je mourrai dans ce tracas-là, comme le vieux Chevrel, n'en prenant cependant plus qu'à mon aise.

Dans la chaleur de sa plus forte improvisation, le père Guillaume n'avait presque pas regardé son commis qui pleurait à chaudes larmes.

— Eh bien ! Joseph, mon pauvre garçon, qu'as-tu donc ?

— Ah ! Je l'aime tant, tant, monsieur Guillaume, que le cœur me manque, je crois…

— Eh bien ! garçon, dit le marchand attendri, tu es plus heureux que tu ne crois, sarpejeu, car elle t'aime. Je le sais, moi !

Et il cligna ses deux petits yeux verts en regardant son commis.

— Mlle Augustine, Mlle Augustine ! s'écria Joseph Lebas dans son enthousiasme.

Il allait s'élancer hors du cabinet, quand il se sentit arrêté par un bras de fer, et son patron stupéfait le ramena vigoureusement devant lui.

— Qu'est-ce que fait donc Augustine dans cette affaire-là ? demanda Guillaume dont la voix glaça sur-le-champ le malheureux Joseph Lebas.

— N'est-ce pas elle... que... j'aime ? dit le commis en balbutiant.

Déconcerté de son défaut de perspicacité, Guillaume se rassit et mit sa tête pointue dans ses deux mains pour réfléchir à la bizarre position dans laquelle il se trouvait. Joseph Lebas honteux et au désespoir resta debout.

— Joseph, reprit le négociant avec une dignité froide, je vous parlais de Virginie. L'amour ne se commande pas, je le sais. Je connais votre discrétion, nous oublierons cela. Je ne marierai jamais Augustine avant Virginie. Votre intérêt sera de dix pour cent.

Le commis, auquel l'amour donna je ne sais quel degré de courage et d'éloquence, joignit les mains, prit la parole, parla pendant un quart d'heure à Guillaume avec tant de chaleur et de sensibilité, que la situation changea. S'il s'était agi d'une affaire commerciale, le vieux négociant aurait eu des règles fixes pour prendre une résolution ; mais, jeté à mille lieues du commerce, sur la mer des sentiments, et sans boussole, il flotta irrésolu devant un événement si original, se disait-il. Entraîné par sa bonté naturelle, il battit un peu la campagne.

— Et, diantre, Joseph, tu n'es pas sans savoir que j'ai eu mes deux enfants à dix ans de distance ! Mlle Chevrel n'était pas belle, elle n'a cependant pas à se plaindre de moi. Fais donc comme moi. Enfin, ne pleure pas, es-tu bête ? Que veux-tu ? Cela s'arrangera peut-être, nous verrons. Il y a toujours moyen de se tirer d'affaire. Nous autres hommes nous ne sommes pas toujours comme des Céladons pour nos femmes. Tu m'entends ? Mme Guillaume est dévote, et... Allons, sarpejeu, mon enfant, donne ce matin le bras à Augustine pour aller à la messe.

Telles furent les phrases jetées à l'aventure par Guillaume. La conclusion qui les terminait ravit l'amoureux commis : il songeait déjà pour Mlle Virginie à l'un de ses amis, quand il sortit du cabinet enfumé en serrant la main de son futur beau-père, après lui avoir dit, d'un petit air entendu, que tout s'arrangerait au mieux.

« Que va penser Mme Guillaume ? » Cette idée tourmenta prodigieusement le brave négociant quand il fut seul.

Au déjeuner, Mme Guillaume et Virginie, auxquelles le marchand drapier avait laissé provisoirement ignorer son désappointement, regardèrent assez malicieusement Joseph Lebas qui resta grandement embarrassé. La pudeur du commis lui concilia l'amitié de sa belle-mère. La matrone redevint si gaie qu'elle regarda M. Guillaume en souriant, et se permit quelques petites plaisanteries d'un usage immémorial dans ces innocentes familles. Elle mit en question la conformité de la taille de Virginie et de celle de Joseph, pour leur demander de se mesurer. Ces niaiseries préparatoires attirèrent quelques nuages sur le front du chef de famille, et il afficha même un tel amour pour le décorum, qu'il ordonna à Augustine de prendre le bras du premier commis en allant à Saint-Leu. Mme Guillaume, étonnée de cette délicatesse masculine, honora son mari d'un signe de tête d'approbation. Le cortège partit donc de la maison dans un ordre qui ne pouvait suggérer aucune interprétation malicieuse aux voisins.

— Ne trouvez-vous pas, mademoiselle Augustine, disait le commis en tremblant, que la femme d'un négociant qui a un bon crédit, comme M. Guillaume, par exemple, pourrait s'amuser un peu plus que ne s'amuse madame votre mère, pourrait porter des diamants, aller en voiture ? Oh ! Moi, d'abord, si je me mariais, je voudrais avoir toute la peine, et voir ma femme heureuse. Je ne la mettrais pas dans mon comptoir. Voyez-vous, dans la draperie, les femmes n'y sont plus aussi nécessaires qu'elles l'étaient autrefois. M. Guillaume a eu raison d'agir comme il a fait, et d'ailleurs c'était le goût de son épouse. Mais qu'une femme sache donner un coup de main à la comptabilité, à la correspondance, au détail, aux commandes, à son ménage, afin de ne pas rester oisive, c'est tout. À sept heures, quand la boutique serait fermée, moi je m'amuserais, j'irais au spectacle et dans le monde. Mais vous ne m'écoutez pas.

— Si fait, monsieur Joseph. Que dites-vous de la peinture ? C'est là un bel état.

— Oui, je connais un maître peintre en bâtiment, M. Lourdois, qui a des écus.

En devisant ainsi, la famille atteignit l'église de Saint-Leu. Là, Mme Guillaume retrouva ses droits, et fit mettre, pour la première fois, Augustine à côté d'elle. Virginie prit place sur la quatrième chaise à côté de Lebas. Pendant le prône, tout alla bien entre Augustine et Théodore qui, debout derrière un pilier, priait sa madone avec ferveur ; mais au lever-Dieu, Mme Guillaume s'aperçut, un peu tard, que sa fille Augustine tenait son livre de messe au rebours. Elle se disposait à la gourmander vigoureusement, quand, rabaissant son voile, elle interrompit sa lecture et se mit à regarder dans la direction qu'affectionnaient les yeux de sa fille. À l'aide de ses bésicles, elle vit le jeune artiste dont l'élégance mondaine annonçait plutôt quelque capitaine de cavalerie en congé, qu'un négociant du quartier. Il est difficile d'imaginer l'état violent dans lequel se trouva Mme Guillaume, qui se flattait d'avoir parfaitement élevé ses filles, en reconnaissant dans le cœur d'Augustine un amour clandestin dont le danger lui fut exagéré par sa pruderie et par son ignorance. Elle crut sa fille gangrenée jusqu'au cœur.

— Tenez d'abord votre livre à l'endroit, mademoiselle, dit-elle à voix basse mais en tremblant de colère.

Elle arracha vivement le paroissien accusateur, et le remit de manière à ce que les lettres fussent dans leur sens naturel.

— N'ayez pas le malheur de lever les yeux autre part que sur vos prières, ajouta-t-elle, autrement, vous auriez affaire à moi. Après la messe, votre père et moi nous aurons à vous parler.

Ces paroles furent comme un coup de foudre pour la pauvre Augustine. Elle se sentit défaillir ; mais combattue entre la douleur qu'elle éprouvait et la crainte de faire un esclandre dans l'église, elle eut le courage de cacher ses angoisses. Cependant, il était facile de deviner l'état violent de son âme en voyant son paroissien trembler et des larmes tomber sur chacune des pages qu'elle tournait. Au regard enflammé que lui lança Mme Guillaume, l'artiste vit le péril où tombaient ses amours, et sortit, la rage dans le cœur, décidé à tout oser.

— Allez dans votre chambre, mademoiselle ! dit Mme Guillaume à sa fille en rentrant au logis ; nous vous ferons appeler ; et surtout, ne vous avisez pas d'en sortir.

La conférence que les deux époux eurent ensemble fut si secrète, que rien n'en transpira d'abord. Cependant, Virginie, qui avait encouragé sa sœur par mille douces représentations, poussa la complaisance jusqu'à se glisser auprès de la porte de la chambre à coucher de sa mère, chez laquelle la discussion avait lieu, pour y recueillir quelques phrases. Au premier voyage qu'elle fit du troisième au second étage, elle entendit son père qui s'écriait : « Madame, vous voulez donc tuer votre fille ? »

— Ma pauvre enfant, dit Virginie à sa sœur éplorée, papa prend ta défense !

— Et que veulent-ils faire à Théodore ? demanda l'innocente créature.

La curieuse Virginie redescendit alors ; mais cette fois elle resta plus longtemps : elle apprit que Lebas aimait Augustine. Il était écrit que, dans cette mémorable journée, une maison ordinairement si calme serait un enfer. M. Guillaume désespéra Joseph Lebas en lui confiant l'amour d'Augustine pour un étranger. Lebas, qui avait averti son ami de demander Mlle Virginie en mariage, vit ses espérances renversées. Mlle Virginie, accablée de savoir que Joseph l'avait en quelque sorte refusée, fut prise d'une migraine. La zizanie semée entre les deux époux par l'explication que M. et Mme Guillaume avaient eue ensemble, et où, pour la troisième fois de leur vie, ils se trouvèrent d'opinions différentes, se manifesta d'une manière terrible. Enfin, à quatre heures après midi, Augustine, pâle, tremblante et les yeux rouges, comparut devant son père et sa mère. La pauvre enfant raconta naïvement la trop courte histoire de ses amours. Rassurée par l'allocution de son père, qui lui avait promis de l'écouter en silence, elle prit un certain courage en prononçant devant ses parents le nom de son cher Théodore de Sommervieux, et en fit malicieusement sonner la particule aristocratique. En se livrant au charme inconnu de parler de ses sentiments, elle trouva assez de hardiesse pour déclarer avec une innocente fermeté qu'elle aimait M. de Sommervieux, qu'elle le lui avait écrit, et ajouta, les larmes aux yeux :

— Ce serait faire mon malheur que de me sacrifier à un autre.

— Mais, Augustine, vous ne savez donc pas ce que c'est qu'un peintre ? s'écria sa mère avec horreur.

— Madame Guillaume ! dit le vieux père en imposant silence à sa femme. Augustine, dit-il, les artistes sont en général des meurt-de-faim. Ils sont trop dépensiers pour ne pas être toujours de mauvais sujets. J'ai fourni feu M. Joseph Vernet, feu M. Lekain et feu M. Noverre. Ah ! Si tu savais combien ce M. Noverre, M. le chevalier de Saint-Georges, et surtout M. Philidor ont joué de tours à ce pauvre père Chevrel ! Ce sont de drôles de corps, je le sais bien. Ça vous a tous un babil, des manières... Ah ! Jamais ton monsieur Sumer... Somm...

— De Sommervieux, mon père !

— Eh bien ! De Sommervieux, soit ! Jamais il n'aura été aussi agréable avec toi que M. le chevalier de Saint-Georges le fut avec moi, le jour où j'obtins une sentence des consuls contre lui. Aussi était-ce des gens de qualité d'autrefois.

— Mais, mon père, M. Théodore est noble, et m'a écrit qu'il était riche. Son père s'appelait le chevalier de Sommervieux avant la révolution.

À ces paroles, M. Guillaume regarda sa terrible moitié, qui, en femme contrariée frappait le plancher du bout du pied et gardait un morne silence. Elle évitait même de jeter ses yeux courroucés sur Augustine, et semblait laisser à M. Guillaume toute la responsabilité d'une affaire si grave, puisque ses avis n'étaient pas écoutés. Cependant, malgré son flegme apparent, quand elle vit son mari prenant si doucement son parti sur une catastrophe qui n'avait rien de commercial, elle s'écria :

— En vérité, monsieur, vous êtes d'une faiblesse avec vos filles... mais...

Le bruit d'une voiture qui s'arrêtait à la porte interrompit tout à coup la mercuriale que le vieux négociant redoutait déjà. En un moment, Mme Roguin se trouva au milieu de la chambre, et, regardant les trois acteurs de cette scène domestique :

— Je sais tout, ma cousine, dit-elle d'un air de protection.

Mme Roguin avait un défaut, celui de croire que la femme d'un notaire de Paris pouvait jouer le rôle d'une petite-maîtresse.

— Je sais tout, répéta-t-elle, et je viens dans l'arche de Noé, comme la colombe, avec la branche d'olivier. J'ai lu cette allégorie dans le *Génie du christianisme*, dit-elle en se retournant vers Mme Guillaume, la comparaison doit vous plaire, ma cousine. Savez-vous, ajouta-t-elle en souriant à Augustine, que ce M. de Sommervieux est un homme charmant ? Il m'a donné ce matin mon portrait fait de main de maître. Cela vaut au moins six mille francs.

À ces mots, elle frappa doucement sur les bras de M. Guillaume. Le vieux négociant ne put s'empêcher de faire avec ses lèvres une grosse moue qui lui était particulière.

— Je connais beaucoup M. de Sommervieux, reprit la colombe. Depuis une quinzaine de jours il vient à mes soirées, il en fait le charme. Il m'a conté toutes ses peines et m'a prise pour avocat. Je sais de ce matin qu'il adore Augustine, et il l'aura. Ah ! cousine, n'agitez pas ainsi la tête en signe de refus. Apprenez qu'il sera créé baron, et qu'il vient d'être nommé chevalier de la Légion d'honneur par l'empereur lui-même, au Salon. Roguin est devenu son notaire et connaît ses affaires. Eh bien ! M. de Sommervieux possède en bons biens au soleil douze mille livres de rente. Savez-vous que le beau-père d'un homme comme lui peut devenir quelque chose, maire de son arrondissement, par exemple ! N'avez-vous pas vu M. Dupont être fait comte de l'empire et sénateur pour être venu, en sa qualité de maire, complimenter l'empereur sur son entrée à Vienne. Oh ! Ce mariage-là se fera. Je l'adore, moi, ce bon jeune homme. Sa conduite envers Augustine ne se voit que dans les romans. Va, ma petite, tu seras heureuse, et tout le monde voudrait être à ta place. J'ai chez moi, à mes soirées, Mme la duchesse de Carigliano qui raffole de M. de Sommervieux. Quelques méchantes langues disent qu'elle ne vient chez moi que pour lui, comme si une duchesse d'hier était déplacée chez une Chevrel dont la famille a cent ans de bonne bourgeoisie.

« Augustine, reprit Mme Roguin après une petite pause, j'ai vu le portrait. Dieu ! Qu'il est beau ! Sais-tu que l'empereur a voulu le voir ? Il a dit en riant au Vice-Connétable que s'il y avait beaucoup de femmes comme celle-là à sa cour pendant qu'il y venait tant de rois, il se faisait fort de maintenir toujours la paix en Europe. Est-ce flatteur ?

Les orages par lesquels cette journée avait commencé devaient ressembler à ceux de la nature, en ramenant un temps calme et serein. Mme Roguin déploya tant de séductions dans ses discours, elle sut attaquer tant de cordes à la fois dans les cœurs secs de M. et de Mme Guillaume, qu'elle finit par en trouver une dont elle tira parti. À cette singulière époque, le commerce et la finance avaient plus que jamais la folle manie de s'allier aux grands seigneurs, et les généraux de l'empire profitèrent assez bien de ces dispositions. M. Guillaume s'élevait singulièrement contre cette déplorable passion. Ses axiomes favoris étaient que, pour trouver le bonheur, une femme devait épouser un homme de sa classe ; on était toujours tôt ou tard puni d'avoir voulu monter trop haut ; l'amour résistait si peu aux tracas du ménage, qu'il fallait trouver l'un chez l'autre des qualités bien solides pour être heureux ; il ne fallait pas que l'un des deux époux en sût plus que l'autre, parce qu'on devait avant tout se comprendre ; un mari qui parlait grec et la femme latin risquaient de mourir de faim. Il avait inventé cette espèce de proverbe. Il comparait les mariages ainsi faits à ces anciennes étoffes de soie et de laine, dont la soie finissait toujours par couper la laine. Cependant, il se trouve tant de vanité au fond du cœur de l'homme, que la prudence du pilote qui gouvernait si bien le Chat-qui-pelote succomba sous l'agressive volubilité de Mme Roguin. La sévère Mme Guillaume, la première, trouva dans l'inclination de sa fille des motifs pour déroger à ces principes, et pour consentir à recevoir au logis M. de Sommervieux, qu'elle se promit de soumettre à un rigoureux examen.

Le vieux négociant alla trouver Joseph Lebas, et l'instruisit de l'état des choses. À six heures et demie, la salle à manger, illustrée par le peintre, réunit sous son toit de verre Mme et M. Roguin, le jeune peintre et sa charmante Augustine, Joseph Lebas qui prenait son bonheur en patience, et Mlle Virginie dont la migraine avait cessé. M. et Mme Guillaume virent en perspective leurs enfants établis et les destinées du Chat-qui-pelote remises en des mains habiles. Leur contentement fut au comble, quand, au dessert, Théodore leur fit présent de l'étonnant tableau qu'ils n'avaient pu voir, et qui représentait l'intérieur de cette vieille boutique, à laquelle était dû tant de bonheur.

— C'est-y gentil ! s'écria Guillaume. Dire qu'on voulait donner trente mille francs de cela.

— Mais c'est qu'on y trouve mes barbes, reprit Mme Guillaume.

— Et ces étoffes dépliées, ajouta Lebas, on les prendrait avec la main.

— Les draperies font toujours très bien, répondit le peintre. Nous serions trop heureux, nous autres artistes modernes, d'atteindre à la perfection de la draperie antique.

— Vous aimez donc la draperie, s'écria le père Guillaume. Eh bien, sarpejeu ! Touchez là, mon jeune ami. Puisque vous estimez le commerce, nous nous entendrons. Eh ! Pourquoi le mépriserait-on ? Le monde a commencé par là, puisque Adam a vendu le paradis pour une pomme. Ça n'a pas été une fameuse spéculation, par exemple !

Et le vieux négociant se mit à éclater d'un gros rire franc excité par le vin de Champagne qu'il faisait circuler généreusement. Le bandeau qui couvrait les yeux du jeune artiste fut si épais qu'il trouva ses futurs parents aimables. Il ne dédaigna pas de les égayer par quelques charges de bon goût. Aussi plut-il généralement. Le soir, quand le salon meublé de choses très cossues, pour se servir de l'expression de Guillaume, fut désert, pendant que Mme Guillaume s'en allait de table en cheminée, de candélabre en flambeau, soufflant avec précipitation les bougies, le brave négociant, qui savait toujours voir clair aussitôt qu'il s'agissait d'affaires ou d'argent, attira sa fille Augustine auprès de lui ; puis, après l'avoir prise sur ses genoux, il lui tint ce discours :

— Ma chère enfant, tu épouseras ton Sommervieux, puisque tu le veux ; permis à toi de risquer ton capital de bonheur. Mais je ne me laisse pas prendre à ces trente mille francs que l'on gagne à gâter de bonnes toiles. L'argent qui vient si vite s'en va de même. N'ai-je pas entendu dire ce soir à ce jeune écervelé que si l'argent était rond, c'était pour rouler ! S'il est rond pour les gens prodigues, il est plat pour les gens économes qui l'empilent et l'amassent. Or, mon enfant, ce beau garçon-là parle de te donner des voitures, des diamants ? Il a de l'argent, qu'il le dépense pour toi ! *Bene sit !* Je n'ai rien à y voir. Mais quant à ce que je te donne, je ne veux pas que des écus si péniblement ensachés s'en aillent en carrosses ou en colifichets. Qui dépense trop n'est jamais riche. Avec les cent mille écus de sa dot on n'achète pas encore tout Paris. Tu as beau avoir à recueillir un jour quelques centaines de mille francs, je te les ferai attendre, sarpejeu ! le plus longtemps possible. J'ai donc attiré ton prétendu dans un coin, et un homme qui a mené la faillite Lecoq n'a pas eu grande peine à faire consentir un artiste à se marier séparé de biens avec sa femme. J'aurai l'œil au contrat pour bien faire stipuler les donations qu'il se propose de te constituer. Allons, mon enfant, j'espère être grand-père, sarpejeu ! je veux m'occuper déjà de mes petits-enfants : jure-moi donc ici de ne jamais rien signer en fait d'argent que par mon conseil ; et si j'allais trouver trop tôt le père Chevrel, jure-moi de consulter le jeune Lebas, ton beau-frère. Promets-le-moi.

— Oui, mon père, je vous le jure.

À ces mots prononcés d'une voix douce, le vieillard baisa sa fille sur les deux joues. Ce soir-là, tous les amants dormirent presque aussi paisiblement que M. et Mme Guillaume.

Quelques mois après ce mémorable dimanche, le maître-autel de Saint-Leu fut témoin de deux mariages bien différents. Augustine et Théodore s'y présentèrent dans tout l'éclat du bonheur, les yeux pleins d'amour, parés de toilettes élégantes, attendus par un brillant équipage. Venue dans un bon remise avec sa famille, Virginie, donnant le bras à son père, suivait sa jeune sœur humblement et dans de plus simples atours, comme une ombre nécessaire aux harmonies de ce tableau. M. Guillaume s'était donné toutes les peines imaginables pour obtenir à l'église que Virginie fût mariée avant Augustine ; mais il eut la douleur de voir le haut et le bas clergé s'adresser en toute circonstance à la plus élégante des mariées. Il entendit quelques-uns de ses voisins approuver singulièrement le bon sens de Mlle Virginie, qui faisait, disaient-ils, le mariage le plus solide, et restait fidèle au quartier ; tandis qu'ils lancèrent quelques brocards suggérés par l'envie sur Augustine qui épousait un artiste, un noble ; ils ajoutèrent avec une sorte d'effroi que, si les Guillaume avaient de l'ambition, la draperie était perdue. Un vieux marchand d'éventails ayant dit que ce mange-tout-là l'aurait bientôt mise sur la paille, le père Guillaume s'applaudit *in petto* de la prudence qu'il avait mise dans la rédaction des conventions matrimoniales. Le soir, la famille se sépara après un bal somptueux, suivi d'un de ces soupers plantureux dont le souvenir commence à se perdre dans la génération présente. M. et Mme Guillaume restèrent dans leur hôtel de la rue du Colombier où la noce avait eu lieu. M. et Mme Lebas retournèrent dans leur remise à la vieille maison de la rue Saint-Denis, pour y diriger la nauf du Chat-qui-pelote. L'artiste, ivre de bonheur, prit entre ses bras sa chère Augustine, l'enleva vivement quand leur coupé arriva rue des Trois-Frères, et la porta dans son élégant appartement.

La fougue de passion qui possédait Théodore fit dévorer au jeune ménage près d'une année entière sans que le moindre nuage vînt altérer l'azur du ciel sous lequel ils vivaient. Pour eux, l'existence n'eut rien de pesant. Théodore répandait sur chaque journée d'incroyables *fioritures* de plaisirs. Il se plaisait à varier les emportements de la passion, par la molle langueur de ces repos où les âmes sont lancées si haut dans l'extase qu'elles semblent y oublier l'union corporelle. Incapable de réfléchir, l'heureuse Augustine se prêtait à l'allure onduleuse de son bonheur. Elle ne croyait pas faire encore assez en se livrant toute à l'amour permis et saint du mariage. Simple et naïve, elle ne connaissait ni la coquetterie des refus, ni l'empire qu'une jeune demoiselle du grand monde se crée sur un mari par d'adroits caprices. Elle aimait trop pour calculer l'avenir, et n'imaginait pas qu'une vie si délicieuse pût jamais cesser. Heureuse d'être alors tous les plaisirs de son mari, elle crut que cet inextinguible amour serait toujours pour elle la plus belle de toutes les parures, comme son dévouement et son obéissance seraient un éternel attrait. Enfin, la félicité de l'amour l'avait rendue si brillante, que sa beauté lui inspira de l'orgueil et lui donna la conscience de pouvoir toujours régner sur un homme aussi facile à enflammer que M. de Sommervieux. Ainsi son état de femme ne lui apporta d'autres enseignements que ceux de l'amour. Au sein de ce bonheur, elle resta l'ignorante petite fille qui vivait obscurément rue Saint-Denis, et ne pensa point à prendre les manières, l'instruction, le ton du monde dans lequel elle devait vivre. Ses paroles étant des paroles d'amour, elle y déployait bien une sorte de souplesse d'esprit et une certaine délicatesse d'expression ; mais elle se servait du langage commun à toutes les femmes quand elles se trouvent plongées dans une passion qui semble-être leur élément. Si, par hasard, une idée discordante avec celles de Théodore était exprimée par Augustine, le jeune artiste en riait comme on rit des premières fautes que fait un étranger, mais qui finissent par fatiguer s'il ne se corrige pas.

Cependant, à l'expiration de cette année aussi charmante que rapide, Sommervieux sentit un matin la nécessité de reprendre ses travaux et ses habitudes. Sa femme était enceinte. Il revit ses amis. Pendant les longues souffrances de l'année où, pour la première fois, une jeune femme nourrit un enfant, il travailla sans doute avec ardeur ; mais parfois il retourna chercher quelques distractions dans le grand monde. La maison où il allait le plus volontiers était celle de la duchesse de Carigliano qui avait fini par attirer chez elle le célèbre artiste. Quand Augustine fut rétablie, quand son fils ne réclama plus ces soins assidus qui interdisent à une mère les plaisirs du monde, Théodore en était arrivé à vouloir éprouver cette jouissance d'amour-propre que nous donne la société quand nous y apparaissons avec une belle femme, objet d'envie et d'admiration. Parcourir les salons en s'y montrant avec l'éclat emprunté de la gloire de son mari, se voir jalousée par toutes les femmes, fut pour Augustine une nouvelle moisson de plaisirs ; mais ce fut le dernier reflet que devait jeter son bonheur conjugal. Elle commença par offenser la vanité de son mari, quand, malgré de vains efforts, elle laissa percer son ignorance, l'impropriété de son langage et l'étroitesse de ses idées. Le caractère de Sommervieux, dompté pendant près de deux ans et demi par les premiers emportements de l'amour, reprit, avec la tranquillité d'une possession moins jeune, sa pente et ses habitudes un moment détournées de leur cours. La poésie, la peinture et les exquises jouissances de l'imagination possèdent sur les esprits élevés des droits imprescriptibles. Ces besoins d'une âme forte n'avaient pas été trompés chez Théodore pendant ces deux années, ils avaient trouvé seulement une pâture nouvelle. Quand les champs de l'amour furent parcourus, quand l'artiste eut, comme les enfants, cueilli des roses et des bluets avec une telle avidité qu'il ne s'apercevait pas que ses mains ne pouvaient plus les tenir, la scène changea. Si le peintre montrait à sa femme les croquis de ses plus belles compositions, il l'entendait s'écrier comme eût fait le père Guillaume : « C'est bien joli ! » Son admiration sans chaleur ne provenait pas d'un sentiment consciencieux, mais de la croyance sur parole de l'amour. Augustine préférait un regard au plus beau tableau. Le seul sublime qu'elle connût était celui du cœur. Enfin, Théodore ne put se refuser à l'évidence d'une vérité cruelle : sa femme n'était pas sensible à la poésie, elle n'habitait pas sa sphère, elle ne le suivait pas dans tous ses caprices, dans ses improvisations, dans ses joies, dans ses douleurs ; elle marchait terre à terre dans le monde réel, tandis qu'il avait la tête dans les cieux. Les esprits ordinaires ne peuvent pas apprécier les souffrances renaissantes de l'être qui, uni à un autre par le plus intime de tous les sentiments, est obligé de refouler sans cesse les plus chères expansions de sa pensée, et de faire rentrer dans le néant les images qu'une puissance magique le force à créer. Pour lui, ce supplice est d'autant plus cruel, que le sentiment qu'il porte à son compagnon ordonne, par sa première loi, de ne jamais rien se dérober l'un à l'autre, et de confondre les effusions de la pensée aussi bien que les épanchements de l'âme. On ne trompe pas impunément les volontés de la nature : elle est inexorable comme la Nécessité, qui, certes, est une sorte de nature sociale. Sommervieux se réfugia dans le calme et le silence de son atelier, en espérant que l'habitude de vivre avec des artistes pourrait former sa femme, et développerait en elle les germes de haute intelligence engourdis que quelques esprits supérieurs croient préexistants chez tous les êtres ; mais Augustine était trop sincèrement religieuse pour ne pas être effrayée du ton des artistes. Au premier dîner que donna Théodore, elle entendit un jeune peintre disant avec cette enfantine légèreté qu'elle ne sut pas reconnaître et qui absout une plaisanterie de toute irréligion : « Mais, madame, votre paradis n'est pas plus beau que la *Transfiguration* de Raphaël ? Eh bien, je me suis lassé de la regarder. » Augustine apporta donc dans cette société spirituelle un esprit de défiance qui n'échappait à personne. Elle gêna. Les artistes gênés sont impitoyables : ils fuient ou se moquent. Mme Guillaume avait, entre autres ridicules, celui d'outrer la dignité qui lui semblait l'apanage d'une femme mariée ; et quoiqu'elle s'en fût souvent moquée, Augustine ne sut pas se défendre d'une légère imitation de la pruderie maternelle. Cette exagération de pudeur, que n'évitent pas toujours les femmes vertueuses, suggéra quelques épigrammes à coups de crayon dont l'innocent badinage était de trop bon goût pour que Sommervieux pût s'en fâcher. Ces plaisanteries eussent été même plus cruelles, elles n'étaient après tout que des représailles exercées sur lui par ses amis. Mais rien ne pouvait être léger pour une âme qui recevait aussi facilement que celle de Théodore des impressions étrangères. Aussi éprouva-t-il insensiblement une froideur qui ne pouvait aller qu'en croissant. Pour arriver au bonheur conjugal, il faut gravir une montagne dont l'étroit plateau est bien près d'un revers aussi rapide que glissant, et l'amour du peintre le descendait. Il jugea sa femme incapable d'apprécier les considérations morales qui justifiaient, à ses propres yeux, la singularité de ses manières envers elle, et se crut fort innocent en lui cachant des pensées qu'elle ne comprenait pas et des écarts peu justifiables au tribunal d'une conscience bourgeoise. Augustine se renferma dans une douleur morne et silencieuse. Ces sentiments secrets mirent entre les deux époux un voile qui devait s'épaissir de jour en jour. Sans que son mari manquât d'égards envers elle, Augustine ne pouvait s'empêcher de trembler en le voyant réserver pour le monde les trésors d'esprit et de grâce qu'il venait jadis mettre à ses pieds. Bientôt, elle interpréta fatalement les discours spirituels qui se tiennent dans le monde sur l'inconstance des hommes. Elle ne se plaignit pas, mais son attitude équivalait à des reproches. Trois ans après son mariage, cette femme jeune et jolie qui passait si brillante dans son brillant équipage, qui vivait dans une sphère de gloire et de richesse enviée de tant de gens insouciants et incapables d'apprécier justement les situations de la vie, fut en proie à de violents chagrins. Ses couleurs pâlirent. Elle réfléchit, elle compara ; puis, le malheur lui déroula les premiers textes de l'expérience. Elle résolut de rester courageusement dans le cercle de ses devoirs, en espérant que cette conduite généreuse lui ferait recouvrer tôt ou tard l'amour de son mari ; mais il n'en fut pas ainsi. Quand Sommervieux, fatigué de travail, sortait de son atelier, Augustine ne cachait pas si promptement son ouvrage, que le peintre ne pût apercevoir sa femme raccommodant avec toute la minutie d'une bonne ménagère le linge de la maison et le sien. Elle fournissait, avec générosité, sans murmure, l'argent nécessaire aux prodigalités de son mari ; mais, dans le désir de conserver la fortune de son cher Théodore, elle se montrait économe soit pour elle, soit dans certains détails de l'administration domestique. Cette conduite est incompatible avec le laisser-aller des artistes qui, sur la fin de leur carrière, ont tant joui de la vie, qu'ils ne se demandent jamais la raison de leur ruine. Il est inutile de marquer chacune des dégradations de couleur par lesquelles la teinte brillante de leur lune de miel atteignit à une profonde obscurité. Un soir, la triste Augustine, qui depuis longtemps entendait son mari parler avec enthousiasme de Mme la duchesse de Carigliano, reçut d'une amie quelques avis méchamment charitables sur la nature de l'attachement qu'avait conçu Sommervieux pour cette célèbre coquette qui donnait le ton à la cour impériale. À vingt et un ans, dans tout l'éclat de la jeunesse et de la beauté, Augustine se vit trahie pour une femme de trente-six ans. En se sentant malheureuse au milieu du monde et de ses fêtes désertes pour elle, la pauvre petite ne comprit plus rien à l'admiration qu'elle y excitait, ni à l'envie qu'elle inspirait. Sa figure prit une nouvelle expression. La mélancolie versa dans ses traits la douceur de la résignation et la pâleur d'un amour dédaigné. Elle ne tarda pas à être courtisée par les hommes les plus séduisants ; mais elle resta solitaire et vertueuse. Quelques paroles de dédain, échappées à son mari, lui donnèrent un incroyable désespoir. Une lueur fatale lui fit entrevoir les défauts de contact qui, par suite des mesquineries de son éducation, empêchaient l'union complète de son âme avec celle de Théodore : elle eut assez d'amour pour l'absoudre et pour se condamner. Elle pleura des larmes de sang, et reconnut trop tard qu'il est des mésalliances d'esprits aussi bien que des mésalliances de mœurs et de rang. En songeant aux délices printanières de son union, elle comprit l'étendue du bonheur passé, et convint en elle-même qu'une si riche moisson d'amour était une vie entière qui ne pouvait se payer que par du malheur. Cependant elle aimait trop sincèrement pour perdre toute espérance. Aussi osa-t-elle entreprendre à vingt et un ans de s'instruire et de rendre son imagination au moins digne de celle qu'elle admirait.

« Si je ne suis pas poète, se disait-elle, au moins je comprendrai la poésie. »

Et déployant alors cette force de volonté, cette énergie que les femmes possèdent toutes quand elles aiment, Mme de Sommervieux tenta de changer son caractère, ses mœurs et ses habitudes ; mais en dévorant des volumes, en apprenant avec courage, elle ne réussit qu'à devenir moins ignorante. La légèreté de l'esprit et les grâces de la conversation sont un don de la nature ou le fruit d'une éducation commencée au berceau. Elle pouvait apprécier la musique, en jouir, mais non chanter avec goût. Elle comprit la littérature et les beautés de la poésie, mais il était trop tard pour en orner sa rebelle mémoire. Elle entendait avec plaisir les entretiens du monde, mais elle n'y fournissait rien de brillant. Ses idées religieuses et ses préjugés d'enfance s'opposèrent à la complète émancipation de son intelligence. Enfin, il s'était glissé contre elle, dans l'âme de Théodore, une prévention qu'elle ne put vaincre. L'artiste se moquait de ceux qui lui vantaient sa femme, et ses plaisanteries étaient assez fondées : il imposait tellement à cette jeune et touchante créature, qu'en sa présence, ou en tête à tête, elle tremblait. Embarrassée par son trop grand désir de plaire, elle sentait son esprit et ses connaissances s'évanouir dans un seul sentiment. La fidélité d'Augustine déplut même à cet infidèle mari, qui semblait l'engager à commettre des fautes en taxant sa vertu d'insensibilité. Augustine s'efforça en vain d'abdiquer sa raison, de se plier aux caprices, aux fantaisies de son mari, et de se vouer à l'égoïsme de sa vanité ; elle ne recueillit point le fruit de ses sacrifices. Peut-être avaient-ils tous deux laissé passer le moment où les âmes peuvent se comprendre. Un jour le cœur trop sensible de la jeune épouse reçut un de ces coups qui font si fortement plier les liens du sentiment, qu'on peut les croire rompus. Elle s'isola. Mais bientôt une fatale pensée lui suggéra d'aller chercher des consolations et des conseils au sein de sa famille.

Un matin donc, elle se dirigea vers la grotesque façade de l'humble et silencieuse maison où s'était écoulée son enfance. Elle soupira en revoyant cette croisée d'où, un jour, elle avait envoyé un premier baiser à celui qui répandait aujourd'hui sur sa vie autant de gloire que de malheur. Rien n'était changé dans l'antre où se rajeunissait cependant le commerce de la draperie. La sœur d'Augustine occupait au comptoir antique la place de sa mère. La jeune affligée rencontra son beau-frère la plume derrière l'oreille. Elle fut à peine écoutée, tant il avait l'air affairé. Les redoutables signaux d'un inventaire général se faisaient autour de lui. Aussi la quitta-t-il en la priant d'excuser. Elle fut reçue assez froidement par sa sœur, qui lui manifesta quelque rancune. En effet, Augustine, brillante et descendant d'un joli équipage, n'était jamais venue voir sa sœur qu'en passant. La femme du prudent Lebas s'imagina que l'argent était la cause première de cette visite matinale, elle essaya de se maintenir sur un ton de réserve qui fit sourire plus d'une fois Augustine. La femme du peintre vit que, sauf les barbes au bonnet, sa mère avait trouvé dans Virginie un successeur qui conservait l'antique honneur du Chat-qui-pelote. Au déjeuner, elle aperçut, dans le régime de la maison, certains changements qui faisaient honneur au bon sens de Joseph Lebas : les commis ne se levèrent pas au dessert, on leur laissait la faculté de parler, et l'abondance de la table annonçait une aisance sans luxe. La jeune élégante trouva les coupons d'une loge aux Français où elle se souvint d'avoir vu sa sœur de loin en loin. Mme Lebas avait sur les épaules un cachemire dont la magnificence attestait la générosité avec laquelle son mari s'occupait d'elle. Enfin, les deux époux marchaient avec leur siècle. Augustine fut bientôt pénétrée d'attendrissement, en reconnaissant, pendant les deux tiers de cette journée, le bonheur égal, sans exaltation, il est vrai, mais aussi sans orages, que goûtait ce couple convenablement assorti. Ils avaient accepté la vie comme une entreprise commerciale où il s'agissait de faire, avant tout, honneur à ses affaires. La femme, n'ayant pas rencontré dans son mari un amour excessif, s'était appliquée à le faire naître. Insensiblement amené à estimer, à chérir Virginie, le temps que le bonheur mit à éclore, fut, pour Joseph Lebas, et pour sa femme, un gage de durée. Aussi, lorsque la plaintive Augustine exposa sa situation douloureuse, eut-elle à essuyer le déluge de lieux communs que la morale de la rue Saint-Denis fournissait à sa sœur.

— Le mal est fait, ma femme, dit Joseph Lebas, il faut chercher à donner de bons conseils à notre sœur.

Puis, l'habile négociant analysa lourdement les ressources que les lois et les mœurs pouvaient offrir à Augustine pour sortir de cette crise ; il en numérota pour ainsi dire les considérations, les rangea par leur force dans des espèces de catégories, comme s'il se fût agi de marchandises de diverses qualités ; puis il les mit en balance, les pesa, et conclut en développant la nécessité où était sa belle-sœur de prendre un parti violent qui ne satisfît point l'amour qu'elle ressentait encore pour son mari. Aussi ce sentiment se réveilla-t-il dans toute sa force quand elle entendit Joseph Lebas parlant de voies judiciaires. Elle remercia ses deux amis, et revint chez elle encore plus indécise qu'elle ne l'était avant de les avoir consultés. Elle hasarda de se rendre alors à l'antique hôtel de la rue du Colombier, dans le dessein de confier ses malheurs à son père et à sa mère. La pauvre petite femme ressemblait à ces malades qui, arrivés à un état désespéré, essaient de toutes les recettes et se confient même aux remèdes de bonne femme. Les deux vieillards la reçurent avec une effusion de sentiment qui l'attendrit. Cette visite leur apportait une distraction qui, pour eux, valait un trésor. Depuis quatre ans, ils marchaient dans la vie comme des navigateurs sans but et sans boussole. Assis au coin de leur feu, ils se racontaient l'un à l'autre tous les désastres du Maximum, leurs anciennes acquisitions de draps, la manière dont ils avaient évité les banqueroutes, et surtout cette célèbre faillite Lecoq, la bataille de Marengo du père Guillaume. Puis, quand ils avaient épuisé les vieux procès, ils récapitulaient les additions de leurs inventaires les plus productifs, et se narraient encore les vieilles histoires du quartier Saint-Denis. À deux heures, le père Guillaume allait donner un coup d'œil à l'établissement du Chat-qui-pelote. En revenant il s'arrêtait à toutes les boutiques, autrefois ses rivales, et dont les jeunes propriétaires espéraient entraîner le vieux négociant dans quelque escompte aventureux, que, selon sa coutume, il ne refusait jamais positivement. Deux bons chevaux normands mouraient de gras-fondu dans l'écurie de l'hôtel ; Mme Guillaume ne s'en servait que pour se faire traîner tous les dimanches à la grand-messe de sa paroisse. Trois fois par semaine ce respectable couple tenait table ouverte. Grâce à l'influence de son gendre Sommervieux, le père Guillaume avait été nommé membre du comité consultatif pour l'habillement des troupes. Depuis que son mari s'était ainsi trouvé placé haut dans l'administration, Mme Guillaume avait pris la détermination de représenter. Leurs appartements étaient encombrés de tant d'ornements d'or et d'argent, et de meubles sans goût mais de valeur certaine, que la pièce la plus simple y ressemblait à une chapelle. L'économie et la prodigalité semblaient se disputer dans chacun des accessoires de cet hôtel. L'on eût dit que M. Guillaume avait eu en vue de faire un placement d'argent jusque dans l'acquisition d'un flambeau. Au milieu de ce bazar, dont la richesse accusait le désœuvrement des deux époux, le célèbre tableau de Sommervieux avait obtenu la place d'honneur. Il faisait la consolation de M. et de Mme Guillaume qui tournaient vingt fois par jour leurs yeux harnachés de bésicles vers cette image de leur ancienne existence, pour eux si active et si amusante. L'aspect de cet hôtel et de ces appartements où tout avait une senteur de vieillesse et de médiocrité, le spectacle donné par ces deux êtres qui semblaient échoués sur un rocher d'or loin du monde et des idées qui font vivre, surprirent Augustine. Elle contemplait en ce moment la seconde partie du tableau dont le commencement l'avait frappée chez Joseph Lebas, celui d'une vie agitée quoique sans mouvement, espèce d'existence mécanique et instinctive semblable à celle des castors. Elle eut alors je ne sais quel orgueil de ses chagrins, en pensant qu'ils prenaient leur source dans un bonheur de dix-huit mois qui valait à ses yeux mille existences comme celle dont le vide lui semblait horrible. Cependant elle cacha ce sentiment peu charitable, et déploya pour ses vieux parents les grâces nouvelles de son esprit, les coquetteries de tendresse que l'amour lui avait révélées, et les disposa favorablement à écouter ses doléances matrimoniales. Les vieilles gens ont un faible pour ces sortes de confidences. Mme Guillaume voulut être instruite des plus légers détails de cette vie étrange qui, pour elle, avait quelque chose de fabuleux. Les voyages du baron de La Houtan, qu'elle commençait toujours sans jamais les achever, ne lui apprirent rien de plus inouï sur les sauvages du Canada.

— Comment, mon enfant, ton mari s'enferme avec des femmes nues, et tu as la simplicité de croire qu'il les dessine ?

À cette exclamation, la grand-mère posa ses lunettes sur une petite travailleuse, secoua ses jupons et plaça ses mains jointes sur ses genoux élevés par une chaufferette, son piédestal favori.

— Mais, ma mère, tous les peintres sont obligés d'avoir des modèles.

— Il s'est bien gardé de nous dire tout cela quand il t'a demandée en mariage. Si je l'avais su, je n'aurais pas donné ma fille à un homme qui fait un pareil métier. La religion défend ces horreurs-là, ça n'est pas moral. À quelle heure nous disais-tu donc qu'il rentre chez lui ?

— Mais à une heure, deux heures...

Les deux époux se regardèrent dans un profond étonnement.

— Il joue donc ? dit M. Guillaume. Il n'y avait que les joueurs qui, de mon temps, rentrassent si tard.

Augustine fit une petite moue qui repoussait cette accusation.

— Il doit te faire passer de cruelles nuits à l'attendre, reprit Mme Guillaume. Mais, non, tu te couches, n'est-ce pas ? Et quand il a perdu, le monstre te réveille.

— Non, ma mère, il est au contraire quelquefois très gai. Assez souvent même, quand il fait beau, il me propose de me lever pour aller dans les bois.

— Dans les bois, à ces heures-là ? Tu as donc un bien petit appartement qu'il n'a pas assez de sa chambre, de ses salons, et qu'il lui faille ainsi courir pour… Mais c'est pour t'enrhumer, que le scélérat te propose ces parties-là. Il veut se débarrasser de toi. A-t-on jamais vu un homme établi, qui a un commerce tranquille, galoper comme un loup-garou ?

— Mais, ma mère, vous ne comprenez donc pas que, pour développer son talent, il a besoin d'exaltation. Il aime beaucoup les scènes qui…

— Ah ! Je lui en ferais de belles, des scènes, moi, s'écria Mme Guillaume en interrompant sa fille. Comment peux-tu garder des ménagements avec un homme pareil ? D'abord, je n'aime pas qu'il ne boive que de l'eau. Ça n'est pas sain. Pourquoi montre-t-il de la répugnance à voir les femmes quand elles mangent ? Quel singulier genre ! Mais c'est un fou. Tout ce que tu nous en as dit n'est pas possible, Un homme ne peut pas partir de sa maison sans souffler mot et ne revenir que dix jours après. Il te dit qu'il a été à Dieppe pour peindre la mer. Est-ce qu'on peint la mer ? Il te fait des contes à dormir debout.

Augustine ouvrit la bouche pour défendre son mari ; mais Mme Guillaume lui imposa silence par un geste de main auquel un reste d'habitude la fit obéir, et sa mère s'écria d'un ton sec :

— Tiens, ne me parle pas de cet homme-là ! Il n'a jamais mis le pied dans une église que pour te voir et t'épouser. Les gens sans religion sont capables de tout. Est-ce que Guillaume s'est jamais avisé de me cacher quelque chose, de rester des trois jours sans me dire ouf, et de babiller ensuite comme une pie borgne ?

— Ma chère mère, vous jugez trop sévèrement les gens supérieurs. S'ils avaient des idées semblables à celles des autres, ce ne seraient plus des gens à talent.

— Eh bien ! Que les gens à talent restent chez eux et ne se marient pas. Comment ! Un homme à talent rendra sa femme malheureuse ! Et parce qu'il a du talent, ce sera bien ? Talent, talent ! Il n'y a pas tant de talent à dire comme lui blanc et noir à toute minute, à couper la parole aux gens, à battre du tambour chez soi, à ne jamais vous laisser savoir sur quel pied danser, à forcer une femme de ne pas s'amuser avant que les idées de monsieur ne soient gaies ; d'être triste, dès qu'il est triste.

— Mais, ma mère, le propre de ces imaginations-là…

— Qu'est-ce que c'est que ces imaginations-là ? reprit Mme Guillaume en interrompant encore sa fille. Il en a de belles, ma foi ! Qu'est-ce qu'un homme auquel il prend tout à coup, sans consulter de médecin, la fantaisie de ne manger que des légumes ? Encore, si c'était par religion, sa diète lui servirait à quelque chose ; mais il n'en a pas plus qu'un huguenot. A-t-on jamais vu un homme aimer, comme lui, les chevaux plus qu'il n'aime son prochain, se faire friser les cheveux comme un païen, coucher des statues sous de la mousseline, faire fermer ses fenêtres le jour pour travailler à la lampe ? Tiens, laisse-moi, s'il n'était pas si grossièrement immoral, il serait bon à mettre aux Petites-Maisons. Consulte M. Loraux, le vicaire de Saint-Sulpice, demande-lui son avis sur tout cela, il te dira que ton mari ne se conduit pas comme un chrétien…

— Oh ! Ma mère ! Pouvez-vous croire…

— Oui, je le crois ! Tu l'as aimé, tu n'aperçois rien de ces choses-là. Mais, moi, vers les premiers temps de son mariage, je me souviens de l'avoir rencontré dans les Champs-Élysées. Il était à cheval. Eh bien ! Il galopait par moments ventre à terre, et puis il s'arrêtait pour aller pas à pas. Je me suis dit alors : « Voilà un homme qui n'a pas de jugement. »

— Ah ! s'écria M. Guillaume en se frottant les mains, comme j'ai bien fait de t'avoir mariée séparée de biens avec cet original-là !

Quand Augustine eut l'imprudence de raconter les griefs véritables qu'elle avait à exposer contre son mari, les deux vieillards restèrent muets d'indignation. Le mot de divorce fut bientôt prononcé par Mme Guillaume. Au mot de divorce, l'inactif négociant fut comme réveillé. Stimulé par l'amour qu'il avait pour sa fille, et aussi par l'agitation qu'un procès allait donner à sa vie sans événements, le père Guillaume prit la parole. Il se mit à la tête de la demande en divorce, la dirigea, plaida presque, il offrit à sa fille de se charger de tous les frais, de voir les juges, les avoués, les avocats, de remuer ciel et terre. Mme de Sommervieux, effrayée, refusa les services de son père, dit qu'elle ne voulait pas se séparer de son mari, dût-elle être dix fois plus malheureuse encore, et ne parla plus de ses chagrins. Après avoir été accablée par ses parents de tous ces petits soins muets et consolateurs par lesquels les deux vieillards essayèrent de la dédommager, mais en vain, de ses peines de cœur, Augustine se retira en sentant l'impossibilité de parvenir à faire bien juger les hommes supérieurs par des esprits faibles. Elle apprit qu'une femme devait cacher à tout le monde, même à ses parents, des malheurs pour lesquels on rencontre si difficilement des sympathies. Les orages et les souffrances des sphères élevées ne peuvent être appréciés que par les nobles esprits qui les habitent. En toute chose, nous ne pouvons être jugés que par nos pairs.

La pauvre Augustine se retrouva donc dans la froide atmosphère de son ménage, livrée à l'horreur de ses méditations. L'étude n'était plus rien pour elle, puisque l'étude ne lui avait pas rendu le cœur de son mari. Initiée aux secrets de ces âmes de feu mais privée de leurs ressources, elle participait avec force à leurs peines sans partager leurs plaisirs. Elle s'était dégoûtée du monde, qui lui semblait mesquin et petit devant les événements des passions. Enfin, sa vie était manquée. Un soir, elle fut frappée d'une pensée qui vint illuminer ses ténébreux chagrins comme un rayon céleste. Cette idée ne pouvait sourire qu'à un cœur aussi pur, aussi vertueux que l'était le sien. Elle résolut d'aller chez la duchesse de Carigliano, non pas pour lui redemander le cœur de son mari, mais pour s'y instruire des artifices qui le lui avaient enlevé ; mais pour intéresser à la mère des enfants de son ami cette orgueilleuse femme du monde ; mais pour la fléchir et la rendre complice de son bonheur à venir comme elle était l'instrument de son malheur présent.

Un jour donc, la timide Augustine, armée d'un courage surnaturel, monta en voiture, à deux heures après midi, pour essayer de pénétrer jusqu'au boudoir de la célèbre coquette, qui n'était jamais visible avant cette heure-là. Mme de Sommervieux ne connaissait pas encore les antiques et somptueux hôtels du faubourg Saint-Germain. Quand elle parcourut ces vestibules majestueux, ces escaliers grandioses, ces salons immenses ornés de fleurs malgré les rigueurs de l'hiver, et décorés avec ce goût particulier aux femmes qui sont nées dans l'opulence ou avec les habitudes distinguées de l'aristocratie, Augustine eut un affreux serrement de cœur. Elle envia les secrets de cette élégance de laquelle elle n'avait jamais eu l'idée. Elle respira un air de grandeur qui lui expliqua l'attrait de cette maison pour son mari. Quand elle parvint aux petits appartements de la duchesse, elle éprouva de la jalousie et une sorte de désespoir, en y admirant la voluptueuse disposition des meubles, des draperies et des étoffes tendues. Là le désordre était une grâce, là le luxe affectait une espèce de dédain pour la richesse. Les parfums répandus dans cette douce atmosphère flattaient l'odorat sans l'offenser. Les accessoires de l'appartement s'harmoniaient avec une vue ménagée par des glaces sans tain sur les pelouses d'un jardin planté d'arbres verts. Tout était séduction, et le calcul ne s'y sentait point. Le génie de la maîtresse de ces appartements respirait tout entier dans le salon où attendait Augustine. Elle tâcha d'y deviner le caractère de sa rivale par l'aspect des objets épars ; mais il y avait là quelque chose d'impénétrable dans le désordre comme dans la symétrie, et pour la simple Augustine ce fut lettres closes. Tout ce qu'elle put y voir, c'est que la duchesse était une femme supérieure en tant que femme. Elle eut alors une pensée douloureuse.

« Hélas ! Serait-il vrai, se dit-elle, qu'un cœur aimant et simple ne suffît pas à un artiste ; et pour balancer le poids de ces âmes fortes, faut-il les unir à des âmes féminines dont la puissance soit pareille à la leur ? Si j'avais été élevée comme cette sirène, au moins nos armes eussent été égales au moment de la lutte. »

— Mais je n'y suis pas !

Ces mots secs et brefs, quoique prononcés à voix basse dans le boudoir voisin, furent entendus par Augustine, dont le cœur palpita.

— Cette dame est là, répliqua la femme de chambre.

— Vous êtes folle, faites donc entrer ! répondit la duchesse dont la voix devenue douce avait pris l'accent affectueux de la politesse.

Évidemment, elle désirait alors être entendue.

Augustine s'avança timidement. Au fond de ce frais boudoir elle vit la duchesse voluptueusement couchée sur une ottomane en velours vert placée au centre d'une espèce de demi-cercle dessiné par les plis moelleux d'une mousseline tendue sur un fond jaune. Des ornements de bronze doré, disposés avec un goût exquis, rehaussaient encore cette espèce de dais sous lequel la duchesse était posée comme une statue antique. La couleur foncée du velours ne lui laissait perdre aucun moyen de séduction. Un demi-jour, ami de sa beauté, semblait être plutôt un reflet qu'une lumière. Quelques fleurs rares élevaient leurs têtes embaumées au-dessus des vases de Sèvres les plus riches. Au moment où ce tableau s'offrit aux yeux d'Augustine étonnée, elle avait marché si doucement, qu'elle put surprendre un regard de l'enchanteresse. Ce regard semblait dire à une personne que la femme du peintre n'aperçut pas d'abord : « Restez, vous allez voir une jolie femme, et vous me rendrez sa visite moins ennuyeuse. »

À l'aspect d'Augustine, la duchesse se leva et la fit asseoir auprès d'elle.

— À quoi dois-je le bonheur de cette visite, madame ? dit-elle avec un sourire plein de grâces.

« Pourquoi tant de fausseté ? » pensa Augustine, qui ne répondit que par une inclination de tête.

Ce silence était commandé. La jeune femme voyait devant elle un témoin de trop à cette scène. Ce personnage était, de tous les colonels de l'armée, le plus jeune, le plus élégant et le mieux fait. Son costume demi-bourgeois faisait ressortir les grâces de sa personne. Sa figure pleine de vie, de jeunesse, et déjà fort expressive, était encore animée par de petites moustaches relevées en pointe et noires comme du jais, par une impériale bien fournie, par des favoris soigneusement peignés et par une forêt de cheveux noirs assez en désordre. Il badinait avec une cravache, en manifestant une aisance et une liberté qui seyaient à l'air satisfait de sa physionomie ainsi qu'à la recherche de sa toilette. Les rubans attachés à sa boutonnière étaient noués avec dédain, et il paraissait bien plus vain de sa jolie tournure que de son courage. Augustine regarda la duchesse de Carigliano en lui montrant le colonel par un coup d'œil dont toutes les prières furent comprises.

— Eh bien, adieu, monsieur d'Aiglemont, nous nous retrouverons au bois de Boulogne.

Ces mots furent prononcés par la sirène comme s'ils étaient le résultat d'une stipulation antérieure à l'arrivée d'Augustine ; elle les accompagna d'un regard menaçant que l'officier méritait peut-être pour l'admiration qu'il témoignait en contemplant la modeste fleur qui contrastait si bien avec l'orgueilleuse duchesse. Le jeune fat s'inclina en silence, tourna sur les talons de ses bottes, et s'élança gracieusement hors du boudoir. En ce moment, Augustine, épiant sa rivale qui semblait suivre des yeux le brillant officier, surprit dans ce regard un sentiment dont les fugitives expressions sont connues de toutes les femmes. Elle songea avec la douleur la plus profonde que sa visite allait être inutile : cette artificieuse duchesse était trop avide d'hommages pour ne pas avoir le cœur sans pitié.

— Madame, dit Augustine d'une voix entrecoupée, la démarche que je fais en ce moment auprès de vous va vous sembler bien singulière ; mais le désespoir a sa folie, et doit faire tout excuser. Je m'explique trop bien pourquoi Théodore préfère votre maison à toute autre, et pourquoi votre esprit exerce tant d'empire sur lui. Hélas ! Je n'ai qu'à rentrer en moi-même pour en trouver des raisons plus que suffisantes. Mais j'adore mon mari, madame. Deux ans de larmes n'ont point effacé son image de mon cœur, quoique j'aie perdu le sien. Dans ma folie, j'ai osé concevoir l'idée de lutter avec vous ; et je viens à vous, vous demander par quels moyens je puis triompher de vous-même. Oh, madame ! s'écria la jeune femme en saisissant avec ardeur la main de sa rivale, qui la lui laissa prendre, je ne prierai jamais Dieu pour mon propre bonheur avec autant de ferveur que je l'implorerais pour le vôtre, si vous m'aidiez à reconquérir, je ne dirai pas l'amour, mais la tendresse de Sommervieux. Je n'ai plus d'espoir qu'en vous. Ah ! Dites-moi comment vous avez pu lui plaire et lui faire oublier les premiers jours de...

À ces mots, Augustine, suffoquée par des sanglots mal contenus, fut obligée de s'arrêter. Honteuse de sa faiblesse, elle cacha son visage dans un mouchoir qu'elle inonda de ses larmes.

— Êtes-vous donc enfant, ma chère petite belle ! dit la duchesse, qui, séduite par la nouveauté de cette scène et attendrie malgré elle en recevant l'hommage que lui rendait la plus parfaite vertu qui fût peut-être à Paris, prit le mouchoir de la jeune femme et se mit à lui essuyer elle-même les yeux en la flattant par quelques monosyllabes murmurés avec une gracieuse pitié.

Après un moment de silence, la coquette, emprisonnant les jolies mains de la pauvre Augustine entre les siennes qui avaient un rare caractère de beauté noble et de puissance, lui dit d'une voix douce et affectueuse :

— Pour premier avis, je vous conseillerai de ne pas pleurer ainsi, les larmes enlaidissent. Il faut savoir prendre son parti sur les chagrins ; ils rendent malade, et l'amour ne reste pas longtemps sur un lit de douleur. La mélancolie donne bien d'abord une certaine grâce qui plaît, mais elle finit par allonger les traits et flétrir la plus ravissante de toutes les figures. Ensuite, nos tyrans ont l'amour-propre de vouloir que leurs esclaves soient toujours gaies.

— Ah, madame ! Il ne dépend pas de moi de ne pas sentir ! Comment peut-on, sans éprouver mille morts, voir terne, décolorée, indifférente, une figure qui jadis rayonnait d'amour et de joie ? Ah ! Je ne sais pas commander à mon cœur.

— Tant pis, chère belle ; mais je crois déjà savoir toute votre histoire. D'abord, imaginez-vous bien que si votre mari vous a été infidèle, je ne suis pas sa complice. Si j'ai tenu à l'avoir dans mon salon, c'est, je l'avouerai, par amour-propre : il était célèbre et n'allait nulle part. Je vous aime déjà trop pour vous dire toutes les folies qu'il a faites pour moi. Je ne vous en révélerai qu'une seule, parce qu'elle nous servira peut-être à vous le ramener et à le punir de l'audace qu'il met dans ses procédés avec moi. Il finirait par me compromettre. Je connais trop le monde, ma chère, pour vouloir me mettre à la discrétion d'un homme trop supérieur. Sachez qu'il faut se laisser faire la cour par eux, mais les épouser ! C'est une faute. Nous autres femmes, nous devons admirer les hommes de génie, en jouir comme d'un spectacle, mais vivre avec eux ! Jamais. Fi donc ! C'est vouloir prendre plaisir à regarder les machines de l'Opéra, au lieu de rester dans une loge, à y savourer ses brillantes illusions. Mais chez vous, ma pauvre enfant, le mal est arrivé, n'est-ce pas ? Eh bien ! Il faut essayer de vous armer contre la tyrannie.

— Ah, madame ! Avant d'entrer ici, en vous y voyant, j'ai déjà reconnu quelques artifices que je ne soupçonnais pas.

— Eh bien, venez me voir quelquefois, et vous ne serez pas longtemps sans posséder la science de ces bagatelles, d'ailleurs assez importantes. Les choses extérieures sont, pour les sots, la moitié de la vie ; et pour cela, plus d'un homme de talent se trouve un sot malgré tout son esprit. Mais je gage que vous n'avez jamais rien su refuser à Théodore ?

— Le moyen, madame, de refuser quelque chose à celui qu'on aime !

— Pauvre innocente, je vous adorerais pour votre niaiserie. Sachez donc que plus nous aimons, moins nous devons laisser apercevoir à un homme, surtout à un mari, l'étendue de notre passion. C'est celui qui aime le plus qui est tyrannisé, et, qui pis est, délaissé tôt ou tard. Celui qui veut régner, doit...

— Comment, madame ! Faudra-t-il donc dissimuler, calculer, devenir fausse, se faire un caractère artificiel et pour toujours ? Oh ! Comment peut-on vivre ainsi ? Est-ce que vous pouvez...

Elle hésita, la duchesse sourit.

— Ma chère, reprit la grande dame d'une voix grave, le bonheur conjugal a été de tout temps une spéculation, une affaire qui demande une attention particulière. Si vous continuez à parler passion quand je vous parle mariage, nous ne nous entendrons bientôt plus. Écoutez-moi, continua-t-elle en prenant le ton d'une confidence. J'ai été à même de voir quelques-uns des hommes supérieurs de notre époque. Ceux qui se sont mariés ont, à quelques exceptions près, épousé des femmes nulles. Eh bien ! Ces femmes-là les gouvernaient, comme l'empereur nous gouverne, et étaient, sinon aimées, du moins respectées par eux. J'aime assez les secrets, surtout ceux qui nous concernent, pour m'être amusée à chercher le mot de cette énigme. Eh bien, mon ange, ces bonnes femmes avaient le talent d'analyser le caractère de leurs maris. Sans s'épouvanter comme vous de leurs supériorités, elles avaient adroitement remarqué les qualités qui leur manquaient. Soit qu'elles possédassent ces qualités, ou qu'elles feignissent de les avoir, elles trouvaient moyen d'en faire un si grand étalage aux yeux de leurs maris qu'elles finissaient par leur imposer. Enfin, apprenez encore que ces âmes qui paraissent si grandes ont toutes un petit grain de folie que nous devons savoir exploiter. En prenant la ferme volonté de les dominer, en ne s'écartant jamais de ce but, en y rapportant toutes nos actions, nos idées, nos coquetteries, nous maîtrisons ces esprits éminemment capricieux qui, par la mobilité même de leurs pensées, nous donnent les moyens de les influencer.

— Oh ciel ! s'écria la jeune femme épouvantée, voilà donc la vie. C'est un combat...

— Où il faut toujours menacer, reprit la duchesse en riant. Notre pouvoir est tout factice. Aussi ne faut-il jamais se laisser mépriser par un homme ; on ne se relève d'une pareille chute que par des manœuvres odieuses. Venez, ajouta-t-elle, je vais vous donner un moyen de mettre votre mari à la chaîne.

Elle se leva pour guider en souriant la jeune et innocente apprentie des ruses conjugales à travers le dédale de son petit palais. Elles arrivèrent toutes deux à un escalier dérobé qui communiquait aux appartements de réception. Quand la duchesse tourna le secret de la porte, elle s'arrêta, regarda Augustine avec un air inimitable de finesse et de grâce :

— Tenez, le duc de Carigliano m'adore ! Eh bien, il n'ose pas entrer par cette porte sans ma permission. Et c'est un homme qui a l'habitude de commander à des milliers de soldats. Il sait affronter les batteries, mais devant moi... il a peur.

Augustine soupira. Elles parvinrent à une somptueuse galerie où la femme du peintre fut amenée par la duchesse devant le portrait que Théodore avait fait de Mlle Guillaume. À cet aspect, Augustine jeta un cri.

— Je savais bien qu'il n'était plus chez moi, dit-elle, mais... ici !

— Ma chère, je ne l'ai exigé que pour voir jusqu'à quel degré de bêtise un homme de génie peut atteindre. Tôt ou tard, il vous aurait été rendu par moi ; mais je ne m'attendais pas au plaisir de voir ici l'original devant la copie. Pendant que nous allons achever notre conversation, je le ferai porter dans votre voiture. Si, armée de ce talisman, vous n'êtes pas maîtresse de votre mari pendant cent ans, vous n'êtes pas une femme, et vous méritez votre sort !

Augustine baisa la main de la duchesse, qui la pressa sur son cœur et l'embrassa avec une tendresse d'autant plus vive qu'elle devait être oubliée le lendemain. Cette scène aurait peut-être à jamais ruiné la candeur et la pureté d'une femme moins vertueuse qu'Augustine, à qui les secrets révélés par la duchesse pouvaient être également salutaires et funestes. La politique astucieuse des hautes sphères sociales ne convenait pas plus à Augustine que l'étroite raison de Joseph Lebas, ou que la niaise morale de Mme Guillaume. Étrange effet des fausses positions où nous jettent les moindres contresens commis dans la vie ! Augustine ressemblait alors à un pâtre des Alpes surpris par une avalanche : s'il hésite, ou s'il veut écouter les cris de ses compagnons, le plus souvent il périt. Dans ces grandes crises, le cœur se brise ou se bronze.

Mme de Sommervieux revint chez elle en proie à une agitation qu'il serait difficile de décrire. Sa conversation avec la duchesse de Carigliano éveillait une foule d'idées contradictoires dans son esprit. Elle était comme les moutons de la fable, pleine de courage en l'absence du loup. Elle se haranguait elle-même et se traçait d'admirables plans de conduite ; elle concevait mille stratagèmes de coquetterie ; elle parlait même à son mari, retrouvant, loin de lui, toutes les ressources de cette éloquence vraie qui n'abandonne jamais les femmes ; puis, en songeant au regard fixe et clair de Théodore, elle tremblait déjà. Quand elle demanda si monsieur était chez lui, la voix lui manqua. En apprenant qu'il ne reviendrait pas dîner, elle éprouva un mouvement de joie inexplicable. Semblable au criminel qui se pourvoit en cassation contre son arrêt de mort, un délai, quelque court qu'il pût être, lui semblait une vie entière. Elle plaça le portrait dans sa chambre, et attendit son mari en se livrant à toutes les angoisses de l'espérance. Elle pressentait trop bien que cette tentative allait décider de tout son avenir, pour ne pas frissonner à toute espèce de bruit, même au murmure de sa pendule qui semblait appesantir ses terreurs en les lui mesurant. Elle tâcha de tromper le temps par mille artifices. Elle eut l'idée de faire une toilette qui la rendit semblable en tout point au portrait. Puis, connaissant le caractère inquiet de son mari, elle fit éclairer son appartement d'une manière inusitée, certaine qu'en rentrant la curiosité l'amènerait chez elle. Minuit sonna, quand, au cri du jockey, la porte de l'hôtel s'ouvrit. La voiture du peintre roula sur le pavé de la cour silencieuse.

— Que signifie cette illumination ? demanda Théodore d'une voix joyeuse en entrant dans la chambre de sa femme.

Augustine saisit avec adresse un moment si favorable, elle s'élança au cou de son mari et lui montra le portrait. L'artiste resta immobile comme un rocher. Ses yeux se dirigèrent alternativement sur Augustine et sur la toile accusatrice. La timide épouse, demi-morte, épiait le front changeant, le front terrible de son mari. Elle en vit par degrés les rides expressives s'amonceler comme des nuages ; puis, elle crut sentir son sang se figer dans ses veines, quand, par un regard flamboyant et d'une voix profondément sourde, elle fut interrogée.

— Où avez-vous trouvé ce tableau ?

— La duchesse de Carigliano me l'a rendu.

— Vous le lui avez demandé ?

— Je ne savais pas qu'il fût chez elle.

La douceur ou plutôt la mélodie enchanteresse de la voix de cet ange eût attendri des Cannibales, mais non un artiste en proie aux tortures de la vanité blessée.

— Cela est digne d'elle, s'écria l'artiste d'une voix tonnante. Je me vengerai ! dit-il en se promenant à grands pas. Elle en mourra de honte : je la peindrai ! Oui, je la représenterai sous les traits de Messaline sortant à la nuit du palais de Claude.

— Théodore ! dit une voix mourante.

— Je la tuerai.

— Mon ami !

— Elle aime ce petit colonel de cavalerie, parce qu'il monte bien à cheval…

— Théodore !

— Eh ! Laissez-moi, dit le peintre à sa femme avec un son de voix qui ressemblait presque à un rugissement.

Il serait odieux de peindre toute cette scène à la fin de laquelle l'ivresse de la colère suggéra à l'artiste des paroles et des actes qu'une femme, moins jeune qu'Augustine, aurait attribués à la démence.

Sur les huit heures du matin, le lendemain, Mme Guillaume surprit sa fille pâle, les yeux rouges, la coiffure en désordre, tenant à la main un mouchoir trempé de pleurs, contemplant sur le parquet les fragments épars d'une toilette déchirée et les morceaux d'un grand cadre doré mis en pièces. Augustine, que la douleur rendait presque insensible, montra ces débris par un geste empreint de désespoir.

— Et voilà peut-être une grande perte, s'écria la vieille régente du Chat-qui-pelote. Il était ressemblant, c'est vrai ; mais j'ai appris qu'il y a sur le boulevard un homme qui fait des portraits charmants pour cinquante écus.

— Ah, ma mère !

— Pauvre petite, tu as bien raison ! répondit Mme Guillaume qui méconnut l'expression du regard que lui jeta sa fille. Va, mon enfant, l'on n'est jamais si tendrement aimé que par sa mère. Ma mignonne, je devine tout ; mais viens me confier tes chagrins, je te consolerai. Ne t'ai-je pas déjà dit que cet homme-là était un fou ! Ta femme de chambre m'a conté de belles choses… Mais c'est donc un véritable monstre !

Augustine mit un doigt sur ses lèvres pâlies, comme pour implorer de sa mère un moment de silence. Pendant cette terrible nuit, le malheur lui avait fait trouver cette patiente résignation qui, chez les mères et chez les femmes aimantes, surpasse, dans ses effets, l'énergie humaine et révèle peut-être dans le cœur des femmes l'existence de certaines cordes que Dieu a refusées à l'homme.

Une inscription gravée sur un cippe du cimetière Montmartre indiquait que Mme de Sommervieux était morte à vingt-sept ans. Un poète, ami de cette timide créature, voyait, dans les simples lignes de son épitaphe, la dernière scène d'un drame. Chaque année, au jour solennel du 2 novembre, il ne passait jamais devant ce jeune marbre sans se demander s'il ne fallait pas des femmes plus fortes que ne l'était Augustine pour les puissantes étreintes du génie.

« Les humbles et modestes fleurs, écloses dans les vallées, meurent peut-être, se disait-il, quand elles sont transplantées trop près des cieux, aux régions où se forment les orages, où le soleil est brûlant. »

Maffliers, octobre 1829.

Table

Librio

924

Composition PCA – 44400 Rezé
Achevé d'imprimer en Italie par Grafica Veneta
en septembre 2009 pour le compte de E.J.L.
87, quai Panhard-et-Levassor, 75013 Paris
Dépôt légal septembre 2009
EAN 9782290015513

Diffusion France et étranger : Flammarion